光文社文庫

# 猟犬検事　破綻

南　英男

光　文　社

この作品は二〇〇三年二月に
刊行された『猟犬検事　破綻』に、
著者が大幅に加筆修正したものです。
この物語はフィクションであり、作品中に登場する
人名や団体名、建物名、事件名などはすべて
実在のものとは一切関係ありません。

# 目次

# 猟犬検事　破綻

# プロローグ

頭の血管が切れそうだ。

憤《いきどお》りで、全身が熱い。目も霞《かす》んできた。

菅沼靖男《すがぬまやすお》はエレベーターの函《ケージ》に乗り込むと、最上階のボタンを強く押した。現在《いま》は一階にいる。

ＪＲ大久保《おおくぼ》駅のそばにある古い雑居ビルだ。四月上旬のある日の夕方だった。

ビルの七、八階は、民間の職業訓練所『リフレッシュ・カレッジ』が借りている。

五十四歳の菅沼は『リフレッシュ・カレッジ』の訓練生のひとりだった。二年前に大手食品会社をリストラ退職した翌日から、半年ほど再就職活動に励《はげ》んだ。

菅沼は求人誌に丹念に目を通し、ハローワークも訪れた。だが、不況下だ。円安による物価高がつづいている。もちろん、高望みをする気はなかった。

月給が二、三割下がることは覚悟していた。とにかく一日も早く働き口を見つけたかった。

しかし、パソコンも満足に操れない五十男を雇ってくれる企業はなかった。

そこで菅沼は一念発起《ほっき》して、『リフレッシュ・カレッジ』に入所した。一年半前のことだ。

入所金は百数十万円だった。痛い出費だったが、その程度の自己投資は必要だろう。

菅沼はそう考え、せっせとパソコン操作とビジネス英語を学んだ。金融市場や産業構造の基礎知識も身につけた。

およそ一年で、多少の自信はついた。菅沼は『リフレッシュ・カレッジ』に通いながら、ふたたび求職活動にいそしんだ。

だが、面接まで漕《こ》ぎつけたのはたったの一社だった。

その会社は零細の玩具メーカーで、社員数は十人にも満たなかった。しかし、もはや贅沢《ぜいたく》は言っていられない。菅沼は面談に出向き、六十年配の社長に自分の能力や意欲を熱っぽくアピールした。

面談では好感触を得られた。てっきり採用されると思っていたが、なぜだか不採用になってしまった。おそらく年齢がネックになったのだろう。

零細企業にも門戸を閉ざされた事実は、ひどくショックだった。菅沼はプライドを打ち砕かれ、酒浸《びた》りの日々が半月もつづいた。

そんなある日、『リフレッシュ・カレッジ』の長谷部圭太《はせべけいた》所長がわざわざ菅沼の自宅を訪れた。そして、あと半年、訓練所に通えば、一流企業への就職を斡旋《あっせん》すると約束してくれた。

菅沼は所長の言葉を信じ、半年分の指導料を一括納入した。

しかし、六カ月が過ぎても再就職の斡旋はしてもらえなかった。それどころか、さまざまな名目で新たに高い指導料を取られる始末だった。

とっくに失業保険は打ち切られていた。二千数百万円の退職金を取り崩すだけの生活がつづいたら、数年後には妻子を路頭に迷わせることになってしまう。

二人の息子は、まだ高校生と中学生だ。

これから教育費がかかる。妻は一年前から衣料スーパーでパートの仕事をしてくれているが、収入は月に九万円前後だった。菅沼は先行きの不安に駆られ、先々月から不眠症になってしまった。

寝酒や睡眠薬の力を借りても、せいぜい二、三時間しか眠れない。それに眠りは、いつも浅かった。慢性的な寝不足で、思考力は鈍《にぶ》りっ放しだった。やたら怒りっぽくもなっている。

ケージが停止した。

最上階の八階だった。菅沼は深呼吸し、エレベーターホールに降りた。

『リフレッシュ・カレッジ』には、約三百人の訓練生がいる。その大半が中高年の元サラリーマンだった。訓練生の多くは菅沼と同じように再就職の世話をすると言われながらも、いまだに失業者のままだ。

彼らは諦《あきら》めが先に立つのか、所長に談判しようともしない。そんな仲間たちのためにも、俠気《おとこぎ》を見せなければならない。

菅沼は勢い込んで、奥の所長室に向かった。

所長室のドアをノックすると、長谷部の声で応答があった。

「はい、どうぞ！」

「失礼します」

菅沼は硬い声で言い、所長室に入った。

窓辺にマホガニーの両袖机が置かれ、手前には総革張りのベージュのソファセットが見える。長谷部はキャビネットの横で、パターの練習をしていた。

四十九歳だが、ずっと若く見える。童顔だからか。頭髪も豊かだ。背は高いが、細身だった。

「やあ、菅沼さん。おっかない顔をなさって、どうされたんです？」

「所長、少しは誠意を見せなさいよっ」

菅沼は切り口上で言った。

「なんのことです？」

「再就職の件ですよ。あんたは、わたしに東証プライム上場企業を紹介してくれると言った。しかし、その約束は果たしてもらっていない。いったい、どういうつもりなんだ！」

「あなたの履歴書を持って、二十数社に打診してみたんですよ。ですが、どこからも色よい返事はもらえませんでした。別に約束を忘れていたわけじゃありません」

「前の会社よりもサラリーがダウンしてもいいんだ。運悪くリストラの対象になってしまったが、わたしは無能だったわけじゃない」

「それはわかっています」

「黙って聞け！　わたしは、大きな商談を数え切れないぐらい成立させた。協調性はあるし、健康にも自信がある。まだ五十四歳だから、第一線でバリバリ働ける」

「確かに五十代は働き盛りですよね。しかし、経営者側から見たら、多くの中高年社員はお荷物なんでしょう。ことに年功序列制をとってきた企業は疲れの見える中高年社員にもそこそこのポストを与え、高い給料を払わなくてはなりません」

「わたしが無能だと言いたいのかっ」

「ま、そう興奮なさらないでください。わたしが言ったことは一般論ですよ。別に菅沼さんを当て擦《こす》ったわけではありません」

「しかし、ちょっと無神経だな」

「あまり神経質にならないでくださいよ。話を元に戻しますが、何か専門技能を持っている中高年男性はどの企業にも必要な人材です。ですが、これといったスペシャリティーのない五十代の方は……」

「それだから、わたしは苦手なパソコンをマスターし、ビジネス英語も習ったんじゃないかっ」

「ええ、そうでしたね。しかし、はっきり申し上げますと、どちらも特技と言えるまでは上達していません」

「わたしの専門は営業なんだ」

「菅沼さん、人生は長いんです。ここで焦《あせ》るよりも、じっくり腰を据《す》えて何かスペシャリティーを身につけたほうが賢明でしょう」

長谷部がゴルフクラブを床《フロア》に垂直に立て、グリップに両手を掛けた。なんとなく尊大な態度に映った。それが癇《かん》に障《さわ》った。

「そうか、読めたぞ」

「読めた？」

「ああ、そうだ。所長はうまいことを言って、リストラ退職者たちを喰《く》いものにしてるんだろうが！」

「菅沼さん、少し言葉に気をつけてください」

「善人面《づら》するな。あんたはもっともらしいことを言って、高い入所金や指導料をぶったくってるにちがいない。その証拠に訓練生の再就職率は十数パーセントに過ぎないじゃないか。働き口が見つかった連中も、待遇の悪い中小企業に潜《もぐ》り込めただけだ。あんたは最初っから、われわれを再就職させる気なんかなかったんだろう。おい、違うか？」

菅沼は言い募《つの》った。

「あなたの不安や苛立《いらだ》ちはわかりますが、そこまで言うのは失礼だな。わたしは儲けを度外視して、『リフレッシュ・カレッジ』をやってるんです。リストラされた方々には、心から再生してもらいたいと願っています」

「きれいごとを言うな。あんたがやってることは詐欺《さぎ》みたいなもんだ。働き口を斡旋するという誘い文句で釣って、高い入所金や指導料を訓練生たちから騙《だま》し取ってるんだから」

「菅沼さん、いい加減にしてください。これ以上わたしを侮辱《ぶじょく》すると、怒りますよ」

「怒ればいいさ。わたしは、もう『リフレッシュ・カレッジ』をやめる。これまで支払った金はそっくり返してもらうぞ」

「そんな無茶な話があるかっ」

「払った金を返さなかったら、あんたを詐欺罪で告訴してやる。わたしの甥《おい》は、東京地検で検察事務官をしてるんだ。絶対に立件してもらうからな」

「わたしを犯罪者扱いするなっ」

長谷部がいきり立ち、ゴルフクラブを大上段に振り被《かぶ》った。

菅沼は身の危険を感じ、とっさに長谷部に組みついた。ゴルフクラブを奪い取ったとき、長谷部がパンチを繰り出した。菅沼は強烈な右ストレートを顔面に浴びせられ、仰向《あおむ》けに引っくり返った。ゴルフクラブは握ったままだった。

「いい大人がみっともない真似をするな」

長谷部が腹立たしげに言って、勢いよく踏み込んできた。

菅沼は肘《ひじ》を使い、上体を起こした。次の瞬間、鳩尾《みぞおち》に鋭い蹴りを入れられた。息が詰まった。ほんの一瞬だったが、気も遠くなった。

菅沼は横倒しに転がった。

「ちゃんと土下座して謝《あやま》れば、赦《ゆる》してやろう。その前にクラブを返してもらおうか」

「まだ勝負はついていない」

「大怪我したいのか⁉」

長谷部が呆《あき》れ顔になった。

菅沼は半身を起こすなり、ゴルフクラブを水平に薙《な》いだ。空気が躍《おど》る。ヘッドが長谷部の腰に当たった。

長谷部が唸《うな》り、よろけた。片方の膝をつき、尖《とが》った目を向けてきた。

死にもの狂いで闘わなければ、殺されることになるかもしれない。

菅沼は強迫観念に取り憑《つ》かれ、急いで立ち上がった。そのままゴルフクラブを頭上に翳《かざ》し、一気に振り下ろした。風が生まれた。

クラブヘッドは長谷部の左肩を直撃する。長谷部が動物じみた唸り声を発しながら、床に倒れた。

「き、きさま、なんてことをするんだっ」

「殺《や》られる前に殺ってやる！」

菅沼は怒声を放ち、またもやゴルフクラブを泳がせた。風切り音は高かった。

ヘッドが長谷部の側頭部を叩いた。濡れた毛布を棒で撲《う》ったような音がした。厭《いや》な音だった。長谷部が四肢《しし》を縮め、のたうち回りはじめた。頭に当てた手の指は、瞬《また》く間に鮮血に染まった。

「そっちが悪いんだぞ。きさまが不誠実だから、こういうことになったんだ。自業自得だよ」

「こ、殺さないでくれーっ。わたしを殺したら、おたくはもうおしまいだぞ」

「殺しやしないから、安心しろ」

菅沼はゴルフクラブを足許《あしもと》に落とすと、上着の内ポケットからスマートフォンを取り出した。すぐに甥の検察事務官に電話をかける。

「やあ、叔父さんか。珍しいな」

甥の菅沼直昭《なおあき》が呑気《のんき》に言った。実兄の長男である。

「直昭、ちょっと教えてほしいことがあるんだ」

「何を？」

「実はな、ほんの少し前に『リフレッシュ・カレッジ』の所長をゴルフクラブでぶっ叩いてしまったんだ」

「冗談だよね？」

「いや、本当なんだ。頭部を叩いたんで、かなりの怪我をさせてしまったみたいなんだよ。わたしが傷害罪で捕まったら、実刑を喰らうことになるんだろうな？」

「怪我が軽い場合は、書類送検で済むと思うけど……」

「わかった。わたしは、これから逃げることにする」

「叔父さん、何を言ってるんだ!?　逃げたら、余計に罪が重くなるよ」

「そうだな。しかし、前科者にはなりたくないんだよ。卑怯《ひきょう》だとは思うが、とにかく逃げる」

菅沼は電話を切ると、あたふたと所長室を出た。エレベーターで一階に降り、駅とは逆方向に走りだした。

擦《す》れ違う男女と何人もぶつかったが、いちいち詫《わ》びる余裕はなかった。一刻も早くできるだけ『リフレッシュ・カレッジ』から遠ざかりたかった。

七、八百メートル走ってから、菅沼は自分の愚《おろ》かさに気づかされた。

たとえ首尾《しゅび》よく逃亡できたとしても、事件の加害者である事実は消しようがない。犯罪者の烙印《らくいん》を捺《お》され、家族は肩身の狭い思いをさせられるだろう。

自首すれば、罪が少しは軽減されるにちがいない。

菅沼は踵《きびす》を返し、来た道を戻りはじめた。足は鉛のように重かった。服役中の自分の姿を想像すると、決意がぐらつきそうになった。

だが、もう逃げるわけにはいかない。菅沼は、うつむき加減で歩きつづけた。

目的の雑居ビルの前には、早くも数台のパトカーが連なっていた。長谷部自身が一一〇番通報したのかもしれない。

赤い回転灯を点滅させているパトカーのかたわらには、若い制服警官が立っていた。菅沼は制服警官に歩み寄り、掠《かす》れ声で話しかけた。

「八階の傷害事件の犯人は、このわたしです」

「えっ」

相手が目を剝《む》き、菅沼の顔をまじまじと見つめた。

菅沼は黙って両手を差し出した。

# 第一章　詐欺《さぎ》商法の疑惑

## 1

うんざりしてきた。

最上僚《もがみりよう》は、読み終えた投書を段ボール箱の中に戻した。

目を通した二十四通の告発状や投書の内容は、私怨絡《しえんがら》みの誹謗中傷《ひぼうちゆうしよう》ばかりだった。いつものように、捜査対象になるような事案は一つもなかった。

最上は溜息《ためいき》をついた。

東京・霞《かすみ》が関《せき》一丁目にある中央合同庁舎第6号館A棟の東京地検刑事部のフロアだ。最上のデスクは窓際に置かれている。日中は陽溜《ひだ》まりになる場所だった。ぼんやりとしていると、きまって瞼《まぶた》が垂れてくる。

最上は、まだ三十七歳の現役検事である。しかし、職場では冷遇されていた。

数年前まで最上の人生は順風満帆《じゅんぷうまんぱん》だった。名門私大の法学部を卒業した彼は、二十四歳で司法試験に合格した。二年間の司法修習を経て、憧《あこが》れの検事になった。

もともと正義感の強い最上は、学生時代から東京地検特捜部で働くことを夢見ていた。二十六歳で、その足がかりを摑《つか》んだ。最上は浦和《うらわ》地検、名古屋《なごや》地検と異動になり、ちょうど三十歳のときに東京地検刑事部に転属になった。夢まで、あと一歩だ。

最上は希望に胸を膨《ふく》らませながら、刑事部本部係として仕事に精を出した。晴れて特捜部に移れたら、巨悪に敢然と闘いを挑《いど》む気でいた。最上は、どの職務にも全力投球した。毎日が充実していた。

だが、思いがけないことでつまずいてしまった。

最上は功を急ぐあまり、ある贈収賄《ぞうしゅうわい》事件の証人に暴力を振るい、決定的な証言を得ようとしたのである。そのことが問題になり、最上は本部係から外されてしまった。四年以上も前の出来事だ。

自業自得《じごうじとく》とはいえ、ショックは大きかった。学生のころから紡《つむ》ぎつづけてきた夢は、早くも潰《つい》えたわけだ。

検事の過《あやま》ちは大きな失点になる。それも最上は暴力沙汰を起こしてしまったわけだから、致命的なマイナスだ。今後、憧れの特捜部に配属される可能性はゼロに等しい。

自らの手で輝かしい途《みち》を閉ざした最上はすっかり労働意欲を失い、漫然と日々を過ごしている。職場では、〝腑《ふ》抜《ぬ》け検事〟などと陰口をたたかれていた。

最上は来る日も来る日も東京地検に寄せられた告発状や投書を読み、捜査に乗り出せるような事案を探していた。

しかし、そうした事案は数カ月に一つあるかどうかだった。たまに上司から指示される担当事件は、窃盗や詐欺の類《たぐい》ばかりだ。事件そのものも小さいが、被疑者たちも小悪党ばかりで職務に力を傾ける気にはなれなかった。

最上は部屋の中を眺《なが》め回した。同僚検事たちは、それぞれ自席で被疑者供述調書や公判記録を読んでいる。

最上は、告発状や投書の詰まった段ボール箱を床に置いた。別に投げ落としたわけではなかったが、派手な音がたった。

「おい、おい！」

馬場《ばば》正人《まさと》部長が眉をひそめた。

「ちょっと手を滑《すべ》らせてしまったんですよ。耳障《ざわ》りでした？」

「最上君、こっちに来てくれ」

「何か事件を担当させてもらえるのでしょうか」

「とにかく、わたしの席に来てくれ」

「はい、はい」

「返事は一度でいい」

「わかりました」

最上は椅子から立ち上がって、部長のデスクに歩み寄った。たたずむと、馬場が書類から顔を上げた。

「例の不起訴処分の手続きは済ませてくれたね？」

「ええ、一週間ぐらい前にやりましたよ。時たましか事件を担当させてもらってないので、時間だけはたっぷりあるんで」

「そういう厭味《いやみ》を言うなよ。以前にも言ったと思うが、きみを本部係から外したのは、別にわたしの一存じゃなかったんだ。政府筋の意向は無視できないからな」

「ええ、わかっています。別段、部長を逆恨《さかうら》みなんかしてませんよ。閑職に追いやられたのは自分のせいですから。要するに、自業自得ですね」

「きみがやってる職務だって、大事な仕事だよ。そう腐るなって」

「暇《ひま》な仕事をさせてもらって、喜んでます。ハードな職務をこなしても、俸給《ほうきゅう》がアップするわけではありませんので」

「そういう物言いはよくない」

「厭味に聞こえます？」

「ああ」

「それじゃ、部長とは極力、事務的に喋《しゃべ》るようにしましょう。ところで、ご用件は？」

「きのう、横浜地検刑事部の検事が交通事故死したんだ」

「だから、どうだと？」

最上は促《うなが》した。

「きみがどうしても本部係に戻りたいというなら、横浜地検に移れるよう上層部に働きかけてもいいと思ったんだが、どうだろう？」

「こっちの存在がうっとうしくなったようですね」

「きみ、それは誤解だよ。わたし自身は、きみにできるだけ長く東京地検《ここ》にいてほしいと思ってるさ。しかし、きみがいまの職務に必ずしも満足してるようには見えないので……」

「それは、ご親切に。せっかくですが、横浜地検には行きたくありません。こっちは東京で育った人間ですので、やっぱり都《みやこ》落ちには少しばかり抵抗があるんですよ。それに、馬場部長の下で働きたいんです」

「なんだか皮肉っぽく聞こえるな。ま、いいさ。いまの話は聞かなかったことにしてくれ」

馬場は憮然《ぶぜん》とした表情で言い、書類に目を落とした。

最上は口の端を歪《ゆが》め、自分の席に戻った。もう午後七時過ぎだった。帰り仕度をしていると、上着の内ポケットの中でスマートフォンが震えた。

最上はスマートフォンを耳に当てた。

「若、自分です」

発信者は組長代行の亀岡忠治《かめおかちゅうじ》だった。

最上は現職検事でありながら、関東仁勇会深見《かんとうじんゆうかいふかみ》組の陰の三代目組長も務めていた。

深見組は、文京区根津《ねづ》に組事務所を構えている。組員二十七人の弱小博徒《ばくと》集団だ。組員の平均年齢も四十五歳と高い。

組事務所のある建物は、元は割烹《かっぽう》旅館だ。敷地は二百数十坪で、間数は二十室近い。初代組長だった深見満《みつる》が組を構えるときに買い取り、改築を重ねてきた家屋だ。

二代目組長を務めていた恩人の深見隆太郎《りゅうたろう》が病死したのは二年数カ月前である。二代目組長が他界したとき、当然、深見組は解散するつもりでいた。しかし、最上は二代目の遺言音声を聴き、気持ちが変わったのである。

二十七人の組員は昔気質《かたぎ》の博奕《ばくち》打ちばかりで、揃《そろ》って世渡りが下手だった。深見隆太郎はそんな子分たちの行く末を案じ、実子のようにかわいがっていた最上に各人五千万円の更生資金を与えるまでは組を解散しないでほしいと言い遺《のこ》した。総額で十三億五千万円だった。

堅気の検事が工面《くめん》できる金額ではない。だからといって、これまで二代目組長に仕《つか》えてきた不器用な組員たちを見捨てることはできなかった。

二代目組長には、大きな恩義があった。最上が生まれて半年後、両親は離婚した。父が浮気相手と駆け落ちして、母と別れたのだ。亡き母の珠江《たまえ》は息子と一緒に都内にある実家に出戻り、両親の力を借りつつ子育てに励んだ。だが、母はストレスから逃れたくて、ひとり息子を道連れにして入水《じゅすい》自殺を図ろうとした。

それを思い留《とど》まらせたのが、たまたま近くにいた深見隆太郎だった。最上は三歳になって間がなかった。病死した母と二代目組長は惹《ひ》かれ合うようになったが、再婚には踏み切れなかった。最上の将来のことを考えたからだろう。

最上は思い悩んだ末、深見組の陰の組長になったのだ。そして、恩人の助言に従い、救いようのない悪人どもから金を脅し取るようになった。

すでに最上は、極悪人たちから併《あわ》せて約十一億円をせしめていた。あと二億五千万円を調達できれば、二十七人の組員は足を洗える。

それまでは、裏稼業を辞めるわけにはいかない。法の番人である自分が恐喝屋に成り下がったことに後ろめたさを感じてはいるが、深見隆太郎の遺言は無視できなかった。

「亀さん、何か問題でもあったんですか？」

「いいえ、そうじゃないんです。少し前に関東仁勇会の塩谷《しおや》武徳《たけのり》会長から電話がありまして、明日の夜、若と会食したいとおっしゃったんですよ」

「亀さん、会長にいずれ組は解散すると話したのかな？」

「いいえ。自分は、そういうことは一言も申し上げてません」

亀岡は律儀《りちぎ》な男だった。決して嘘はつかない。まだ五十三歳だが、考え方は古風だった。

「会長は、おれにどんな用があるんだろう？」

「もしかしたら、若に見合いの話を持ちかけるのかもしれませんね」

「見合いの話？」

「ええ、そうです。塩谷会長、川魚《かわうお》料理の老舗《しにせ》の娘さんが器量よしで、気立てもいいんだとちらりとおっしゃっていましたので」

「そう」

「若、自分がうまく断りましょうか。若には、交際中の彼女がいらっしゃるんですから」

「彼女って？」

「おとぼけなさって。美人査察官の露木玲奈《つゆきれいな》さんのことですよ。あの彼女とは、いつか結婚されるんでしょ？」

「そこまでは考えてないんですが、彼女に惚《ほ》れてることは確かです」

「それでしたら、会長にははっきり断ったほうがいいですよ。若は断りにくいでしょうから、自分が会長に電話を入れときましょう」

「いや、それじゃ、会長に失礼だ。おれがこれから電話します」

最上は発信アイコンをタップし、ディスプレイに登録電話番号を呼び出した。すぐに塩谷会長の自宅に電話をする。

受話器を取ったのは部屋住みの若い衆だった。最上は名乗って、塩谷会長に替《か》わってくれと頼んだ。

会長は八十七歳だが、若々しい。いつも顔の血色がよかった。

「三代目、待たせたな。元気かい？」

「はい、おかげさまで。会長直々《じきじき》にお電話をいただいたそうで……」

「久しぶりにあんたと飯でもどうかと思ったんだ。ついでに、ちょいと見合いの話をさせてもらおうと考えてたんだよ。いま、惚れてる女性などいるのかな？」

「ええ、一応」

「それなら、見合いの話は引っ込めよう」

「申し訳ありません」

「いいんだ。それじゃ、どこかで鮨《すし》でも喰おうや。明日の夜八時に、上野の『喜久鮨《きく》』で落ち合わねえか？」

「わかりました。必ず伺《うかが》います」

最上はそう約束して、通話を切り上げた。スマートフォンを懐《ふところ》に戻し、刑事部フロアを出る。

その直後、コンビを組んでいる検察事務官の菅沼直昭が廊下の向こうから急ぎ足でやってきた。三十歳の菅沼は、直情型の好青年である。

「最上検事、ちょっと相談に乗っていただけませんか？」

「デートするような女性ができたのかな。少しぐらいなら、デート代を回してやってもいいぞ」

「そんなんじゃないんです」

「何かトラブルに巻き込まれたのかい？」

最上は小声で訊《き》いた。菅沼が周囲を見回した。廊下には、幾つか人影があった。

「話は、おれの車の中で聞こう」

最上は先に歩きだした。すぐに菅沼が従《つ》いてきた。

二人はエレベーターに乗り込んだ。検察庁合同庁舎には、東京区検、東京地検、東京高検、最高検が同居している。一階には事務部門が設けられ、二階は区検のフロアだ。

地検は三、四、五階を使っている。花形の特捜部は九段合同庁舎内にある。財政班、経済班、特殊・直告班などで構成されている。

特捜部検事は四十人しかいない。彼らの補佐役として、二人の副検事と九十人の検察事務官が働いている。

エレベーターが一階に着いた。

最上は菅沼とともにホールに降りた。すると、目の前に綿引伸哉《わたびきのぶや》がいた。

警視庁捜査一課の敏腕刑事である。四十歳だった。小柄だが、全身にある種の凄《すご》みをにじませている。

「検事殿、しばらくです」

「綿引《ワタ》さん、その検事殿という言い方はいい加減にやめてくれませんか。おれのほうが三つも年下なんですから」

「しかし、格はあなたのほうが上です。そちらは検事殿で、こちらは単なる警部補です」

「その後の台詞《せりふ》は、おれが言いましょう。力関係は、あなたのほうが強い。検察官は必要なら、警察官《サッカン》を手足として使えるわけですから……」

「こりゃ、まいったな」

「何度も同じ言い訳を聞かされたので、自然に憶《おぼ》えちゃったんですよ」

最上は言った。

「そうですか。お二人で、これから聞き込みに行かれるのかな？」

「いや、もう退庁するとこです。綿引さんは、また田所《たどころ》検事に捜査資料を届けに？」

「ええ、そうです。それでは、また！」

綿引が慌《あわ》ただしく函《ケージ》の中に入った。

最上は目顔《めがお》で菅沼を促《うなが》した。二人は肩を並べて駐車場に向かった。最上は、綿引に友情めいたものを懐《いだ》いていた。

綿引は検察庁の人間をライバル視しているが、気骨《きこつ》のある男だ。あらゆる権力に屈することなく、堂々と犯罪に立ち向かっている。正義感を貫《つらぬ》き、誠実でもあった。

といって、融通《ゆうずう》の利かない堅物《かたぶつ》ではない。人情味があり、人生の機微《きび》も弁《わきま》えている。

綿引には重い過去があった。敏腕刑事は四年ほど前に指名手配中の強盗殺人犯を袋小路に追い詰めた際、先に発砲した相手をとっさに撃ち殺してしまったのだ。

それは、いわば正当防衛だった。綿引は法的には罰せられなかった。

しかし、人ひとりを射殺した事実は重い。しかも、死んだ強盗殺人犯には若い妻と三歳の娘がいた。綿引は大いに苦悩したにちがいない。そういう人柄だ。

同僚刑事から聞いた話によると、綿引は俸給の中から毎月十万円を撃ち殺した強盗殺人犯の遺児に送り届けているらしい。最上は当の本人に噂《うわさ》の真偽を確かめたことはなかったが、事実だと確信している。

また、綿引は最上の裏稼業に気づいているようだ。現に最上は綿引に何度か尾行され、恐喝《きょうかつ》の証拠を握られそうにもなった。

たまたま同じ事件を追っていて、互いに窮《きゅう》地《ち》から救い出し合ったこともあった。追う側と追われる側と立場こそ違っているが、どちらも狡猾《こうかつ》な大悪党を憎んでいた。そんなことで、わかり合える部分が多いのかもしれない。

職員用の駐車場に着いた。最上は黒いスカイラインのドア・ロックを解《と》いた。マイカーだ。専用の公用車は与えられていなかった。

最上は先に菅沼を助手席に坐らせ、自分も運転席に乗り込んだ。

「何があったんだ？」

「父方の叔父が夕方、一年半も通ってる民間職業訓練所の所長の頭部をゴルフクラブで強打して、重傷を負わせてしまったんですよ」

「ほんとかい⁉」

「ええ。叔父の菅沼靖男は犯行直後にぼくに電話をしてきて、いったんは現場から逃げたようです。ですが、途中で思い直して犯行現場に戻って、居合わせた制服警官に傷害の事実を話したらしいんですよ。ぼく、大久保の犯行現場に行ってみました」

菅沼が叔父の犯行動機などを詳しく語った。

「もしかして、きみの叔父さんは長谷部圭太という所長に騙《だま》されたと思って、凶行に走ってしまったのか」

「新宿署で取り調べを受けてる叔父とは接見《せっけん》させてもらえませんでしたが、関係者たちの証言によると、そういうことなんだと思います。叔父のように一年以上も『リフレッシュ・カレッジ』に通ってるのに働き口が決まらない訓練生が大勢いるという話でしたんで、リストラ退職者を狙った詐欺商法が行われてるんじゃないでしょうか？」

「そうなのかもしれないな。それはそうと、こっちに何か相談事があるんだろう？」

「はい。こんなことを最上検事にお願いするのはルール違反なんですが、叔父を不起訴処分にしてやりたいんですよ。叔父は人一倍、世間体《てい》を気にするタイプなんです。だから、傷害罪で起訴されたら、自棄《やけ》を起こすかもしれません」

「甥のきみが菅沼靖男氏を不起訴処分にしてやりたいという気持ちはよくわかるが、はみ出し検事のこっちは力になれそうもないな。もっともおれが地検の偉いさんでも、所轄署に圧力《アツ》をかけるようなことはしないと思うが」

「そうでしょうね。どう考えても、フェアなことではありませんので」

「別に正義漢ぶるわけじゃないが、そういうことは嫌いなんだ。菅沼君、わかってくれないか」

最上は言った。

「ええ、よくわかりました。ぼくも司法関係の仕事に携《たずさ》わっている人間なのに、恥ずかしいことを言ってしまいました。さっきお願いしたことは、どうか忘れてください」

「そうしよう。たとえ叔父さんが起訴されても、重い判決は下されないだろう。叔父さんたちが悪い詐欺に引っかかったことが立証されたら、刑はぐっと軽くなるはずだ」

「最上検事、どうもすみませんでした」

菅沼がそう言い、スカイラインを降りた。彼の後ろ姿が遠ざかったとき、交際中の玲奈から電話がかかってきた。

「今夜、飯田橋《いいだばし》のあなたのマンションに泊めてもらいたいと思ってるんだけど、ご都合はどうかしら？」

「大歓迎だよ。何時ごろ、おれの部屋に来る？」

「九時前後には行けると思う。でも、デリカテッセンを買ってる時間はなさそうなの。まだ残業があるのよ」

「それじゃ、レトルト食品で適当に腹ごしらえをするよ」

最上は電話を切ると、スカイラインを穏《おだ》やかに発進させた。

二十九歳の玲奈は、築地にある東京国税局査察部で働いている。その美貌は人目を惹《ひ》く。知的な顔立ちだが、冷たい印象は与えない。色香があり、肉体も熟《う》れていた。

二人が恋仲になって、はや三年数カ月が経っている。最上は大物財界人の悪質な脱税を立件する目的で、東京国税局に協力を要請した。

そのとき、コンビを組んだのが玲奈だった。それが縁でデートを重ねるようになり、いつしか親密な関係になっていたのである。

玲奈が泊まるのは十日ぶりだ。いい夜にしたい。

最上は車を自宅マンションに向けた。

## 2

肌のぬめりが心地よい。

最上は浴室の洗い場で、玲奈を抱きしめていた。どちらも泡塗《まみ》れだった。午後十時を数分過ぎていた。

「一緒にシャワーを浴びるのは、久しぶりね」

「そうだな。ボディー洗いをしよう」

最上は全身を左右にそよがせはじめた。

弾《はず》みのある砲弾型の乳房が風船のように形を変え、二つの乳首が硬く張りつめた。

「いい感じよ」

玲奈が吐息《といき》混じりに囁《ささや》き、目を閉じた。

最上は背を丸め、玲奈の唇をついばみはじめた。玲奈が控え目に応《こた》えながら、最上の背を撫《な》でる。最上は、ひ弱な検事ではない。筋肉質の体軀《たいく》で、身長も百八十センチ近かった。最上は学生時代に多国籍格闘技を習っていた。

それは、俗にアメリカ空手と呼ばれているマーシャル・アーツだった。日本の空手、キックボクシング、韓国のテコンドー、中国のカンフーなどを融合させた新しい格闘技である。突き技と蹴り技が主体だった。

これまで最上は闇仕事で幾度となく荒っぽい男たちと死闘を繰り広げてきた。殺されそうになったことは一度や二度ではなかったが、そのつど切り抜けてきた。

それは、格闘技の心得があったおかげだろう。加えて最上は中学生のころから喧嘩馴《な》れしていた。

やんちゃだった最上は反抗期になると、非行に走った。万引きを重ね、盗んだバイクで走り回った。他校生との喧嘩に明け暮れ、番長狩りも愉《たの》しんだ。

自分の将来を考えるようになったのは高校二年の夏だった。少しずつ素行を改めるようになったが、すでに喧嘩作法は身についていた。そんなわけで、荒事《あらごと》に竦《すく》むようなことはなかった。

「好きよ」

玲奈が呟《つぶや》くように言い、最上の唇を烈《はげ》しく貪《むさぼ》りはじめた。

最上は玲奈の愛らしい唇を吸い返し、舌を深く絡《から》めた。玲奈は喉の奥で甘やかに呻《うめ》き、最上の引き締まった腰や尻を両手で愛撫しはじめた。

最上も玲奈の柔肌《やわはだ》に指を滑らせた。ウエストのくびれを撫で、白桃を想《おも》わせるヒップを揉む。いい感触だった。

「僚さん、それぐらいにして。ずっと同じことをされたら、わたし……」

「ベッドに移ろう」

最上はシャワーヘッドをフックから外し、湯の矢を玲奈の肩に当てた。ボディーソープの泡をきれいに流し落とすと、彼はざっとシャワーを浴びた。玲奈は少し離れていた。

「先に出てるよ」

最上は浴室を出て、ざっとバスタオルで体を拭《ぬぐ》った。素肌に黒いバスローブを羽織《はお》り、脱衣室を出る。

喉が渇《かわ》いていた。最上は冷蔵庫から缶ビールを取り出し、リビングの向こう側にある寝室に入った。

十畳ほどのスペースだった。セミダブルのベッドは出窓寄りに置いてある。電灯を点《つ》け、ベッドに浅く腰かける。

缶ビールを飲み干したとき、玲奈が寝室にやってきた。

淡いグリーンのバスタオルを胸高に巻きつけている。股間は見えそうで見えない。

「小休止するかい？」

最上は問いかけた。

玲奈は無言で首を振り、ベッドに横たわった。仰向けだった。

最上はバスローブを脱ぎ捨て、玲奈のバスタオルを優しく剝《は》いだ。添い寝をする恰好《かっこう》で身を横たえ、恋人の裸身をしみじみと眺める。

玲奈は色白で、肌理《きめ》も濃《こま》やかだ。蜜蜂のような体型である。恥毛は、逆三角形に生えていた。最上は胸を重ね、改めて唇を合わせた。

二人は前戯を娯《たの》しんでから、正常位で結合した。すぐに無数の襞《ひだ》が猛《たけ》ったペニスにまとわりついてきた。快感が高まる。

玲奈の体の芯は、熱く潤っていた。それでいて少しも緩《ゆる》みはない。密着感が強かった。

玲奈が最上の胴を両脚で挟《はさ》みつけた。

最上は玲奈の脚を片方ずつ自分の肩に担《かつ》ぎ上げ、抽送《ちゅうそう》しはじめた。二つに折り畳まれた恰好になった玲奈は、肉のクッションのようによく弾んだ。

大きく弾むたびに、最上の背に玲奈の踵《かかと》が触れた。それがエロチックだった。

少し経ってから、最上は玲奈の脚を肩から外した。この体位では、クリトリスをまともに摩擦できない。オーソドックスな体位に戻ると、最上は恥丘を擦《こす》りつけた。

「このまま死んでもいいわ」

玲奈が真顔で言った。よく光る黒曜石のような瞳には、うっすらと紗《しゃ》がかかっていた。焦点も定まっていなかった。

官能を煽《あお》られたときの表情だ。ぞくりとするほど色っぽかった。

最上はワイルドに律動を加えはじめた。といっても、一本調子ではなかった。緩急《かんきゅう》をつけ、腰も捻った。

数分が過ぎたとき、玲奈が高波にさらわれた。悦楽の唸りは、どこかジャズのスキャットじみていた。途切れそうになりながらも、長く尾を曳《ひ》いた。

最上の陰茎《いんけい》に、リズミカルな緊縮感が伝わってきた。

玲奈の体の奥は、心臓のように規則正しく脈打っている。快感のビートだ。

最上はゴールに向かって疾駆《しっく》しはじめた。少し経つと、背筋が立った。ほとんど同時に、痺《しび》れを伴《ともな》った快感が腰から脳天まで駆け抜けていった。

最上は溜《た》めに溜めていたエネルギーを一気に放出した。

射精感は鋭かった。思わず声を洩らしてしまった。

二人は抱き合ったまま、互いに余韻に身を委《ゆだ》ねた。玲奈がキスを求めてきた。最上はたっぷり応えてから、結合を解いた。

玲奈はピルを服用している。したがって、いつも男性用避妊具は使っていない。

「ちょっとお手洗いに」

玲奈がベッドを離れ、寝室から出ていった。

最上はフラットシーツに腹這《ば》いになって、セブンスターに火を点けた。半分ほど喫ったとき、ナイトテーブルの上に置いたスマートフォンが着信音を奏《かな》ではじめた。

最上は発信者の名を目で確かめた。

検察事務官の菅沼だった。最上は煙草の火を急いで消し、スマートフォンを耳に当てた。

「菅沼君、何かあったのか？」

「は、はい」

菅沼が涙で声を詰まらせた。

「叔父さんの身に何かあったんだな？」

「ええ。お、叔父が新宿署の留置場で自殺しました。着ていたシャツを歯で細く切り裂いて、それを金格子に引っかけ、自分の首を……」

「なんだって、そんな早まったことをしてしまったんだろうか」

最上は上体を起こした。

「帰り際にも申し上げましたけど、叔父はとても世間体を気にするタイプだったんですよ。それに、気も弱いほうでした」

「取り調べが厳しかったんだろうか」

「いいえ、そういうことはなかったようです。叔父は素直に犯行を認めてたんで、初日の取り調べは早目に終わったらしいんです」

「そうか」

「叔父は自分に負けて、発作的に死を選んでしまったのでしょう。叔父がやったことは行き過ぎだったと思いますが、『リフレッシュ・カレッジ』がリストラ退職者たちを喰いものにしてるとしたら、それも問題ですよね」

「きみの言う通りだな。明日から、こっちが『リフレッシュ・カレッジ』のことを調べてやるよ」

「ぜひ、お願いします」

「菅沼君、叔父さんのことは残念だったな。心から、お悔み申し上げる。おれに手伝えることがあったら、いつでも遠慮なく言ってくれないか」

最上は労《いたわ》りを込めて言い、先に電話を切った。菅沼の悲しみを思うと、情事の余情は急速に冷めはじめた。

## 3

法人登記簿を開く。

最上は目で文字を追いはじめた。東京法務局出張所の閲覧室である。

『リフレッシュ・カレッジ』の代表取締役は、所長の長谷部圭太ではなかった。長谷部は役員でさえない。彼はダミーの雇われ所長に過ぎないのだろう。

真の経営者は岩佐《いわさ》諭《さとし》という人物だった。

その名には、かすかな記憶があった。最上は記憶の糸を手繰《たぐ》った。じきに思い出した。

岩佐は、全国に八校を擁《よう》する医大受験予備校『東日本医大ゼミナール』の経営者だった。彼は、ただの予備校経営者ではなさそうだ。去年の秋に、確か岩手、静岡両県警に詐欺で摘発されている。

詳細は思い出せないが、予備校生たちに有名医大に裏口入学させてやるという話をちらつかせて、『東日本医大ゼミナール』の学校債を保護者たちに一千万円で買わせていたのではなかったか。また、岩佐はもっともらしい名目で予備校生たちから、たびたび〝特別授業料〟を集めていたようだ。

そんなことで、岩佐は予備校生たちの父母から特別授業料と学校債の代金返還訴訟を起こされていたはずである。その後のことはわからない。最上は必要なことを手帳に書き留め、『リフレッシュ・カレッジ』の法人登記簿を返却した。

法務局出張所を出ると、その足で東京地検に戻った。まだ正午前だった。

最上は職場に着くと、マイカーの中でスマートフォンを手にした。静岡県警本部にいる知り合いの警視に電話をかける。相手は香取《かとり》という苗字だった。詐欺事件を担当していた。スリーコールで電話は繋がった。

「東京地検の最上です。いつぞやはお世話になりました」

「いいえ、どういたしまして。お元気でしょうか？」

「ええ、おかげさまで。早速ですが、去年の秋に『東日本医大ゼミナール』を主宰《しゅさい》している岩佐諭という男が、そちらで摘発されましたよね？」

「はい。裏口入学詐欺事件のことでしょ？」

「そうです。その事件《ヤマ》は地検送りになったんですか？」

「いいえ。外部から圧力がかかって、不起訴処分になりました。岩佐という男は名うての詐欺師で何度も検挙《アゲ》られたんですが、起訴されたのはたったの一度だけなんです。ほかは立件できないということで、いずれも不起訴になっています」

「大物政治家にうまく取り入って、裏から手を回してもらったのかもしれないな」

「おそらく、そうなんでしょうね」

「警視、その事件《ヤマ》の捜査資料をメールで送っていただけませんか？」

「お身内のどなたかが、何か被害に遭《あ》われたのですか？」

香取が訊《き》いた。

「いいえ、そうではないんです。いま関わってる事件に、ひょっとしたら、岩佐が絡んでるかもしれないと睨《にら》んだんですよ」

「そうですか。わかりました。すぐに送信いたしましょう」

「よろしくお願いします」

最上は電話を切って、セブンスターに火を点けた。職員用駐車場には、自分のほかには誰もいなかった。

十分ほど待つと、静岡県警から捜査資料のメールが送られてきた。最上はスカイラインから出て、刑事部フロアに上がった。同じフロアに検事調室がある。

最上は、ほどなく検事調室に入った。

正面の窓際に検事席がある。その左手横に、検察事務官用の机が置かれている。

最上は検事席に向かい、捜査資料を読みはじめた。

六十一歳の岩佐諭は都内にある薬科大学を卒業後、大手製薬会社に入社した。しかし、七年後に依願退職し、ドラッグストアの経営に乗り出した。だが、店は三年後に閉めてしまった。

その後は健康食品販売や浄水器販売を手がけ、十数年前に仙台市内に『東日本医大ゼミナール』を開いた。それから三年以内に盛岡《もりおか》、静岡などに八つの医大受験予備校を開設した。

元予備校職員の供述によると、岩佐は医者の子弟しか入学を認めなかったらしい。予備校の講師はアルバイトの大学院生ばかりで、授業に使うテキストも市販の問題集を切り貼りして作っていたという。

岩佐は予備校生の保護者宅を熱心に回り、具体的な医大名を挙げて理事長や学長に伝手《つて》があることを強調していたようだ。そして、裏口入学の保証金代わりに『東日本医大ゼミナール』の学校債券一口五十万円を最低二十口分買わせていたという。

それだけで総額一千万円だが、中には三、四十口分、買った保護者もいるらしい。

岩佐は有名医大のキャンパスで写真を撮ったりしていたが、裏口入学のルートなど持っていなかった。明らかに詐欺である。

岩佐は学校債という巧妙な手口で保護者たちから集めた巨額を投じて、次々に姉妹校を増やしていったという。

裏口入学できなかった医大受験生の父母たちは約束が違うと、岩佐に学校債の買い戻しを要求したらしい。すると岩佐は、騒ぎ立てると自分たちが恥をかくことになる、と開き直ったそうだ。大半の保護者は、それで泣き寝入りすることになったらしい。しかし、一部の父母は憤然《ふんぜん》と特別授業料や学校債代金の返還を求めた。

岩佐は詐欺容疑をあくまでも否認しつづけ、原告との示談を成立させて不起訴になったという。詐欺師の背後には、暴力団の影がちらついているようだ。そんなことで、原告たちは泣く泣く示談に応じてしまったのだろう。

最上はメールにひと通り目を通すと、原告のひとりに電話をしてみた。浜松《はままつ》在住の開業医だ。

電話口に出たのは女性看護師だった。最上は素姓を明かして、開業医に替わってもらった。

「東京地検の方が、わたしにどのようなことを……」

「『東日本医大ゼミナール』の学校債のことで、ちょっとうかがいたいことがあるんです。ご協力いただけますね？」

「その件は、もう片がついています。そっとしておいてくれませんか」

「お気持ちにわかりますが、岩佐のような悪質な詐欺師を野放しにしておいたら、新たな被害者が続出するでしょう」

「あの男は別の手口で、また詐欺を働いてるんですか⁉」

「その疑いがあるんですよ。思い出したくもないことでしょうが、ご協力願えませんか。あなたには、決して迷惑はかけません。いかがでしょう？」

「わかりました。知っていることは、すべて話します」

「それでは、早速うかがいます。岩佐は学校債を買ってくれれば、息子さんを必ず東都医大に入学させると言ったんですね？」

「ええ、その通りです。それで、わたしは四十口分の学校債を二千万円で買ったんですよ。そのとき、岩佐に誓約書を認《したた》めてくれと頼んだんですが、それは聞き入れてもらえませんでした」

「あなたは、息子さんを必ず東都医大に入れてもらえるという誓約書が欲しかったんですね？」

最上は確かめた。

「そうです。世間の人たちは、すべての医者がリッチだと思い込んでいるようですが、開業医はそれほど儲かってないんです。最新の医療機器のローン負担が大きくて、年間収入が三千万円もいかない年もあるんですよ」

「しかし、なんとか医院をひとり息子に継《つ》がせたい一心で、虎の子の二千万円を吐き出したんです。岩佐は万が一、倅《せがれ》が不合格になった場合は速《すみ》やかに学校債を買い戻すと言ってたんですよ」

「そうですか」

「それは、口約束だったんですね？」

「ええ、そうです。息子は東都医大には入れなかったんで、すぐに学校債の買い戻しをしてほしいと申し入れました。しかし、岩佐は息子の点数が裏口入学のボーダーラインのすぐ下だから、翌年には必ず合格させると言って、特別授業を受けろと強く……」

「それで、どうされたんです？」

「息子は部活のサッカーに熱中していて、あまり受験勉強はしていなかったんです。一浪ぐらいは仕方ないだろうと考えて、倅に特別授業を受けさせることにしました。年間三百万円の授業料を全納してね。ところが、去年の夏に岩佐は突然、静岡校を閉鎖してしまったんですよ」

「で、詐欺に引っかかったと思ったわけですね？」

「そうです。息子の予備校仲間も同じ手口で四、五人、特別授業料を払わされていました。で、被害に遭った保護者が相談して、特別授業料と学校債代金の返還訴訟を起こしたんです」

開業医はそう言い、長嘆息した。

「示談に応じられたのは、なぜなんです？」

「訴訟を起こしたとたん、われわれ原告の身辺に黒い影が迫ってきたんですよ。厭《いや》がらせの無言電話もちょくちょくかかってきました。ある原告のお宅の庭には、黒豚の生首が投げ込まれました。そんなことで怕《こわ》くなってしまい、われわれは告訴を取り下げることになったんです」

「お金は、どうなったんですか？」

「半分だけ返してもらいました。裏口入学の根回しで経費がかかったからという理由で、半分しか返ってこなかったんですよ。特別授業料のほうも同じです」

「とんだ災難でしたね」

「まったくです。出来の悪い子供を持つと、親は苦労させられます」

「いま、息子さんは？」

「この四月から、東京のまともな医大受験予備校に通っています」

「手許《てもと》の資料によると、岩佐の自宅は世田谷《せたがや》区成城《せいじょう》五丁目にあるようだが、行かれたことは？」

「訴訟を起こす前に、原告団が自宅に押しかけたのですが、あいにく岩佐はいませんでした」

「そうですか」

「圧倒されそうな豪邸でしたよ。岩佐は仙台や盛岡にも家を持ってるらしいんです。詐欺で贅沢《ぜいたく》な生活をしていると思うと、怒りがぶり返してきます」

「そうでしょうね」

「岩佐には妻子がいるんですが、おおかた若い愛人を囲ってるんでしょう。検事さん、あいつは今度はどういう手口で、お金を騙し取ったんです？」

「その質問には答えられないんですよ、あしからず」

最上は謝意を表し、通話を終わらせた。

そのとき、上着の内ポケットでスマートフォンが鳴った。電話をかけてきたのは私立探偵の泊栄次《とまりえいじ》だった。最上は裏稼業の調査で、これまでに泊を何度も使ってきた。

五十三歳の泊はゼネラル探偵社の社長と称しているが、社員はひとりも雇っていない。猫背で、貧相な顔立ちだった。

泊は三年ほど前の春に八王子《はちおうじ》署に恐喝未遂容疑で逮捕され、目下《もっか》、執行猶予《ゆうよ》の身である。

彼は八王子ＩＣ《インターチェンジ》近くのモーテルで午下《ひるさ》がりの情事を娯《たの》しんでいる不倫カップルの車のナ

ンバーから身許を調べ、口止め料を脅し取ろうと企《くわだ》てた。

しかし、脅迫した相手のほうが一枚上手だった。泊は指定された場所にのこのこ出かけ、待ち受けていた刑事に緊急逮捕されてしまったのだ。

「旦那、ご無沙汰してます。お元気ですか？」

「あんた、どういう神経してるんだっ」

「はあ？」

「空とぼけるつもりか。そっちは去年の十二月に橋口明夫《はしぐちあきお》とつるんで、おれから一億円を脅し取ろうとした」

「そのことですか。結局、旦那は一億円を橋口とわたしから取り戻したんですから、別に実害はなかったわけでしょ？」

「確かに金は取り戻した。しかし、おれは飼い犬に手を噛まれたようなもんだった。ちょくちょく小遣いを稼がせてやってた探偵に裏切られたんだからな」

最上は冷ややかに言った。

「あのときは、つい魔が差してしまったんですよ。いまは深く反省しています。だから、もう勘弁してくれませんか。ね、旦那！」

「用件は？」

「そうつんけんしないでくださいよ。わたし、旦那のためにずいぶん危ない橋を渡ってきたじゃありませんか」

「おれを脅迫するつもりなのかっ」

「め、滅相《めっそう》もない。生活費にも事欠いてるんで、また何か下働きをさせてもらいたくて、お電話したんですよ」

「そっちに、もう仕事を回す気はない。うっかりしてると、寝首を掻《か》かれることになるからな」

「案外、執念深いんですね。驚きました」

泊が笑いながら、そう言った。

「おれが怒るのは当然だろうが！」

「だから、さっき謝ったじゃないですか。昔のことは、もう水に流してくださいよ」

「昔のことだって？　まだ四カ月しか経ってないぞ。ふざけるな」

「理屈っぽいですね、旦那は。とにかく、わたしが悪うございました。これで、もう赦《ゆる》してくださいい。話を元に戻しますけど、わたし、所持金が一万数千円しかないんですよ。このまじゃ、路上生活者になるほかありません」

「なれよ。もう春だから、野宿もそれほど苦にならないだろう」

「旦那、あまりいじめないでくださいよ。どんな調査でも、喜んでやらせてもらいますんで。謝礼も、お安くしておきます」

「いまんとこ、そっちの力は必要ない」

「まいったなあ。それじゃ、十万ほど貸してもらえませんか？」

「どういう神経してるんだっ」

最上は怒鳴りつけて、電話を切った。それを待っていたように、すぐに着信音が響きはじめた。

「若、自分です」

深見組代貸の亀岡の声だった。

「何かあったようですね」

「はい。いまさっき塩谷会長から連絡がありまして、今夜の若との会食を日延べさせてもらいたいと……」

「会長、体調がすぐれないんですか？」

「いいえ、会長はお元気でした。ですが、姐《あね》さんが手洗いで倒れられたとかで、外出できなくなったというんです」

「で、姐さんは入院されたのかな？」

「ええ、近くの総合病院にね。血圧が急に高くなって少し吐いただけだとおっしゃっていましたが、これから見舞いに行ってみようと思ってるんです」

「亀さん、そうしてくれませんか。容態《ようだい》によっては、こっちも病院に向かいます」

「わかりました。それじゃ、とりあえず、姐さんの見舞いに行ってきます」

「よろしく頼みます。病状が重いようだったら、すぐ連絡してくれますか」

最上は電話を切り、検事調室を出た。

エレベーターで一階に降り、すぐにスカイラインに乗り込む。最上は大久保に向かった。

目的の雑居ビルを探し当てたのは、およそ四十分後だった。

最上はスカイラインを路上に駐《と》め、古ぼけた雑居ビルに足を踏み入れた。七階でエレベーターを降り、『リフレッシュ・カレッジ』の教室を覗く。

中高年の男たちがパソコンに向かっていた。その隣の教室では、ビジネス英語の授業が行われていた。

奥の喫煙室では、数人の訓練生が紫煙《しえん》をくゆらせていた。

どの顔も、やつれている。再就職活動で疲れ切ってしまったのだろう。

最上は喫煙室に入り、いちばん手前の椅子に腰かけている五十六、七歳の眼鏡《めがね》をかけた男に話しかけた。

「東京地検の者ですが、菅沼靖男さんのことで話を聞かせていただけませんか」

「菅沼って、きのうの夕方、長谷部所長に怪我を負わせた男ですよね？」

「ええ、そうです。菅沼さんは昨夜《ゆうべ》、新宿署で自ら命を絶《た》ってしまいました」

「そうなんだってね。個人的なつき合いはなかったけど、顔と名前は知ってたんで、ショックだったなあ」

「そうでしょうね」

「彼が所長をゴルフクラブで思わず殴打してしまった気持ちは、よくわかりますよ。ここは高い入所金を取った上に、いろいろ指導料をぶったくってる。一年以上訓練した者には、再就職口を斡旋《あっせん》してくれるってことになってるんだが、なんだかんだ言って、なかなか……」

「働き口を紹介してくれない？」

「そうなんだよね。詐欺というのは言い過ぎかもしれないけど、『リフレッシュ・カレッジ』はわれわれからできるだけ金を騙《だま》し取ろうと考えてるんじゃないのかな」

相手が言った。かたわらで聞き耳を立てていた五十歳前後の男が、会話に割り込んだ。

「絶対にそうだよ。おれなんか丸一カ月、長谷部所長を毎日せっついたんだけど、とうとう一社も紹介してくれなかった。菅沼さんがキレるのもわかるよ」

「あなたは菅沼さんと親しかったんですか？」

「帰りに時々、一緒に安酒を飲んでた。菅沼さんは働き口が見つからないんで、だいぶ焦《あせ》ってた感じでしたよ。まだ子供が高校生と中学生だから、のんびりとしてられないんだとも言ってた。それに、よく眠れないんだともね」

「そうですか」

「大きな声じゃ言えないけど、ここでやってることは巧《たく》みな詐欺だと思うね。何人もの訓練生がそう言ってますよ。菅沼さんがああいうことをやらなかったとしても、そのうち誰かが所長をぶっ飛ばしたり、教室に火を放ってただろうな。菅沼さんは自殺する気だったんなら、長谷部をぶっ殺してやればよかったんだよ」

「ほんとだな」

眼鏡の男が同調した。

「所長はダミーに過ぎなかったんですよ。実質的な経営者は、名うての詐欺師だったんです」

「そいつは、どこの誰なんです？　教えてくださいよ」

五十年配の男が血相を変え、最上の顔を直視した。

「まだ裏付けを取ってないんで、真の経営者のことは明らかにできません。それより、長谷部所長の入院先はこの近くでしたっけね？」

「西新宿総合病院の外科病棟にいるって話だったな」

「ああ、そうでしたね。所長からも、話を聞いてみるか。ご協力に感謝します」

最上は男たちに背を向けた。

4

海老《えび》ピラフはまずかった。

糊《のり》のように粘《ねば》っていて、とても最後まで食べられない。最上は溜息をついて、スプーンを投げ出した。

西新宿総合病院の食堂だ。数十分前に最上は外科病棟に行ってみたのだが、面会時間は午後三時からだった。それで、最上は時間潰しに遅い昼食を摂《と》る気になったのだ。口直しにコーヒーを飲んでから、食堂を出る。

まだ二時半だった。

最上は外来者用駐車場に回り、スカイラインの運転席で一服した。それから彼は、検察事務官の菅沼のスマートフォンを鳴らした。

「おれだよ。叔父さんの亡骸《なきがら》は、まだ大塚の東京都監察医務院に？」

「いいえ。もう遺体は練馬の自宅に安置されています。叔母が遺体に取り縋《すが》って、激しく泣きじゃくっていました。辛くて、見ていられませんでしたよ」

「そうだろうな。きょうは仮通夜なのか？」

「ええ、そうです。しかし、死に方が死に方でしたんで、縁者だけでひっそりと葬式を済ませようってことになったんですよ」

「密葬ということなら、弔問は遠慮させてもらおう」

「ええ、どうかお気遣いなく。それよりも、最上検事……」

「調査に取りかかったよ。『リフレッシュ・カレッジ』の法人登記簿を法務局出張所で閲覧してきたんだが、長谷部圭太は表向きの所長に過ぎなかったんだ」

「経営者は何者なんです？」

菅沼が問いかけてきた。最上は、岩佐諭のことを詳しく話した。

「そういう犯歴のある男が、真っ当な商売をしているとは思えません。岩佐は『リフレッシュ・カレッジ』で、リストラ退職者たちを喰いものにしているにちがいありませんよ」

「おそらく、そうなんだろう。訓練生たちも働き口をいっこうに紹介してくれないと不満を洩らしてた。だから、きみの叔父さんの気持ちは理解できると言ってたよ」

「そうですか。裏口入学詐欺もいいことではありませんけど、被害者たちにも落ち度というか、それぞれに下心があったわけですんで、あまり同情はできませんよね？」

「そうだな」

「しかし、叔父たち失業中の中高年男性たちは一方的に騙された疑いがあります。立場の弱い人間を欺《あざむ》くなんて、卑劣《ひれつ》も卑劣ですよ。絶対に赦《ゆる》せないな」

「こっちも、そう思ってる。実はいま、長谷部の入院先に来てるんだ。面会時間は三時からだというんで、車の中で待ってるとこなんだよ」

「そうですか。雇われ所長の長谷部は、すんなり岩佐諭のことを喋るでしょうか？」

「喋らせるさ。相手は怪我をしてるんだ。少し締め上げれば、あっさり口を割るだろう」

「そうだといいな」

「こちらのことはおれに任せて、きみは弔いの手伝いに専念してくれ」

「お言葉に甘えて、そうさせてもらいます」

菅沼が電話を切った。

最上はスマートフォンの電源を切ってから、車を降りた。院内ではスマートフォンの使用は禁じられていた。

まだ早過ぎる。

最上は駐車場の隅《すみ》に植えられた桜の木を仰《あお》いだ。染井吉野《そめいよしの》は満開だった。薄桃色の花は、艶《あで》やかさと儚《はかな》さを同時に感じさせた。

花吹雪を眺めると、なぜだか最上は病死した母親のことを思い出す。納骨のとき、谷中《やなか》の墓地に散った花びらが折り重なっていたせいだろうか。

最上は感傷を胸から追い払い、外科病棟に足を向けた。長谷部圭太が三階の特別室に入院していることは、すでに確認済みだった。

最上はエレベーターで三階に上がり、ナースステーションで面会人名簿に適当な氏名と住所を記した。特別室は最も奥にあった。

最上は相部屋を通り抜け、長谷部の病室に急いだ。

むろん、個室だった。象牙色の引き戸は閉ざされていたが、内錠は掛けられていない。

最上は静かに、素早く特別室に入った。消毒液の匂いが漂《ただよ》っている。

窓寄りのベッドに、四十八、九歳の男が横たわっていた。仰向けだった。

頭部には、包帯が幾重《いくえ》にも巻かれている。男は、かすかに寝息をたてていた。

最上は枕許まで近づき、空咳《からぜき》をした。

すると、男がうっすらと目を開けた。

「長谷部圭太さんですね」

「そうです、あなたは？」

「ちょっと事情があって、素姓は明かせないんだ」

最上は、ぞんざいに言った。

「いったい何をしに来たんです⁉」

「おたくに確かめたいことがあるんだ。おたくが『リフレッシュ・カレッジ』の雇われ所長だということはわかってる」

「いったい何者なんだ⁉」

長谷部の顔に警戒の色が拡《ひろ》がった。

「黙って質問に答えろ。経営者の岩佐諭はリストラ退職者たちを喰いものにする目的で、民間の職業訓練所をこしらえたんだな？」

「岩佐？　そんな名前の男は知らないな」

「時間稼ぎはさせないぞ」

最上は怪我人の頭部を鷲摑《わしづか》みにした。長谷部が長く唸《うな》り、痛みに顔を歪《ゆが》めた。

「こちらは『リフレッシュ・カレッジ』の法人登記簿を見てるんだ。おたくは所長どころか、役員のひとりでもない。オーナーは詐欺師の岩佐諭だ。岩佐が『東日本医大ゼミナール』を舞台にして、医大裏口入学詐欺を働いたこともわかってる。おたくは、医大受験予備校の事務長か何かをやってたんじゃないのか？」

「…………」

「こっちを怒らせたいらしいな。それじゃ、菅沼靖男にゴルフクラブでぶっ叩かれた箇所を強く押してやろう」

「やめろ、やめてくれ。わたしは以前、『東日本医大ゼミナール』の仙台校の事務長をやってたんだ。しかし、予備校生の親たちからのクレームをうまく処理できなかったという理由で解雇されたんだよ。しばらく仙台市内で不動産関係の仕事をしてたんだが、岩佐社長が『リフレッシュ・カレッジ』を興《おこ》すとき、ダミーの所長になってくれって頼まれたんだ」

「おたく、岩佐が裏口入学を餌《えさ》にして学債を売りつけてたことを知らなかったわけじゃないよなっ」

「それは知ってたよ。だけど、給料もよかったし、岩佐社長はちょくちょく高級クラブに連れてってくれたりしたんで、目をつぶってたんだ」

「岩佐は、いんちきな学債でどのくらい荒稼ぎしたんだ？」

「少なく見積もっても、二十数億円の金は集めただろうな。しかし、姉妹予備校の開業資金で六億円前後かかってるし、訴訟を起こした保護者たちには半金を返してるから、手許には三、四億円しか残ってないと思うね」

「岩佐はいずれ裏口入学詐欺が発覚すると予測し、『リフレッシュ・カレッジ』で失業者たちから金を吸い上げることを思いついたんだな？」

最上は問いかけた。

「岩佐社長が何を考えてるのか、わたしにはよくわからない。雇われ所長を引き受けてくれれば、月収百五十万円は保証すると言われたんで、一も二もなく話に乗ってしまったんだよ」

「岩佐は、おたくに訓練生をできるだけ長く『リフレッシュ・カレッジ』に通わせるようにしろと言ったんだろ？」

「それは……」

「どうなんだっ」

「確かに、そう言われたよ。わたしは訓練生たちに申し訳ないと思いつつも、社長の命令には逆《さか》らえなかったんだ。なにしろ、ほとんど何もしてないのに毎月百五十万円も貰ってたんでね」

「入所金なんかは、『リフレッシュ・カレッジ』の銀行口座にプールしてあるのか？」

「口座には数百万円しか残ってない。入金があった翌日か翌々日に、岩佐社長の個人口座に振り込んでたんで」

「岩佐に渡った入所金は、どのくらいになるんだ？」

「正確な数字は挙《あ》げられないけど、一億円前後は振り込んだよ」

「菅沼靖男がきのうの晩、留置場で首を吊ったことは知ってるな？」

「それは知ってる。テレビとネットニュースでそのことを……」

「平然とした顔をしてるな。あんたも、彼を死に追い込んだ人間のひとりなんだぞ」

「わたし自身は、訓練生を騙してるという意識はないんだ。だから、特に罪の意識は感じてないね」

長谷部が他人事《ひとごと》のように言った。

最上は義憤に駆られ、長谷部の胸板に肘《ひじ》打ちを見舞った。長谷部がむせ、手脚を縮めた。

「おたくも岩佐と同罪だろうが！」

「手荒なことはしないでくれ。わたしは怪我人なんだ」

「甘ったれるなっ。岩佐は、どこにいる？」

「知らないよ、わたしは」

「岩佐のスマホのナンバーは？」

最上は訊いた。

長谷部が短く迷ってから、電話番号を明かした。最上は自分のスマートフォンに、そのナンバーを登録した。

「あんたが何者か知らないけど、岩佐社長を軽く見ないほうがいいぞ。社長は裏社会にも知り合いが多いみたいだし、国会議員たちともつき合いがあるんだ」

「政治家たちの名前を教えてもらおうか」

「名前までは知らないんだ。でも、かなりの大物と親しいみたいだな」

「岩佐の女関係は？　愛人はいるんだろう？」

「はっきりしたことは言えないけど、美人演歌歌手の小日向《こひなた》あかりの世話をしてるって噂はあるね」

長谷部が言った。

小日向あかりは中堅の歌手で、三十一、二歳だった。一、二曲、ヒット曲があるようだが、最上は演歌には疎《うと》かった。

「小日向あかりの所属プロは？」

「確か『レインボー企画』って芸能プロだよ」

「そうか。岩佐は、ここに顔を出したのか？」

「きのうの夜、見舞いに来てくれたよ。刑事の事情聴取が終わったころにね。岩佐社長は、わたしが刑事に何を喋ったのか、気になったようだね。こっちは社長が不利になるようなことは何も言わなかった。何かと世話になってるからね」

「岩佐は成城の自宅のほかにも、仙台や盛岡にも不動産を持ってるらしいな。おたく、住所わかるんだろ？」

「二軒とも、もう手放してるはずだよ。売却金で小日向あかりに高級マンションでも買ってやったんじゃないのかな」

「おたく、いつ退院できるんだい？」

「三週間ぐらいで出られそうだね」

「退院したら、菅沼靖男の遺骨に手を合わせろ。もし弔問しなかったら、おたくを岩佐の共犯者として逮捕させるぞ」

「あんた、捜査関係者なの⁉」

長谷部が声を裏返らせた。

最上は返事をしなかった。無言で病室を出て、エレベーター乗り場に急ぐ。

外科病棟を出ると、すぐに岩佐のスマートフォンをコールした。だが、電源は切られていた。

最上は『レインボー企画』のホームページを開いた。

芸能週刊誌の記者に成りすまして電話をかけ、小日向あかりの居所を探り出そうと試みた。

だが、相手に怪しまれてしまった。

岩佐の自宅を張り込むことにした。

最上はスカイラインに乗り込み、エンジンを始動させた。

成城五丁目に着いたのは午後四時過ぎだった。浜松の開業医が言っていたように、岩佐の自宅は人目を惹《ひ》いた。

最上はいったん岩佐邸を通り過ぎ、スカイラインを迂回させた。ふたたび元の通りに戻り、岩佐邸の斜め前に車を停めた。

最上は一服してから、スカイラインを降りた。通行人を装い、岩佐の自宅の前を通過する。門の近くには、防犯カメラが設置されていた。インターフォンも防犯モニター付きだろう。岩佐が在宅しているかどうか確かめたかったが、不用意に門扉《もんぴ》には近づけない。最上はＵターンし、車の中に戻った。

ラジオを聴きながら、岩佐邸をうかがいつづける。

陽《ひ》が沈むと、門灯が点けられた。家の中も明るくなった。

邸宅の中には、誰がいるのか。最上は岩佐の自宅の固定電話を鳴らした。ややあって、年配の女性が受話器を取った。

「はい、岩佐でございます」

「わたくし、野々村《ののむら》証券の鈴木《すずき》と申します。ご主人は、いらっしゃいますでしょうか？」

とっさに最上は、証券会社の営業マンに化けた。

「おりますが、いま、夫はサウナに入ってますの」

「それでは、少し時間を置いてから、もう一度お電話させてもらいます」

「株のセールスなんでしょ?」

「はい、そうです。株安がつづいている現在《いま》が買いどきだと思うんですよ。二、三、優良銘柄をご紹介させていただきたいと……」

「もう株で資産を膨らませる時代じゃないでしょう。これからは、金《きん》を大量買いしたほうが安全だと思うわ。きのうも、主人とそんな話をしたとこなの。せっかくだけど、うちは結構よ」

スピーカーが沈黙した。

最上は苦く笑った。岩佐は汗をたっぷり絞《しぼ》り出してから、愛人の演歌歌手に会いに行くつもりなのか。

最上は本格的に張り込みをはじめた。

七時になり、八時を回った。それでも、岩佐は姿を見せない。静岡県警の香取警視がメール送信してくれた捜査資料の中には、岩佐諭の顔写真も混じっていた。

顔写真は少し不鮮明だったが、詐欺師の顔はしっかりと脳裏に刻みつけてある。邸宅から岩佐が現われれば、すぐに気づくだろう。

最上は煙草を喫いながら、根気強く待ちつづけた。

張り込みは、いつも自分との闘いだった。逸《はや》る気持ちやもどかしさを抑《おさ》え込み、ひたすらマークした人物が動きだすのを待つ。焦《じ》れたら、ろくな結果にはならない。

八時半になったとき、プロレスラーのような体格をした三十歳前後の大男がスカイラインの横を通り抜けていった。

大男は黒いドーベルマンの引き綱《リード》を短く持っていた。愛犬を散歩させているのだろう。大柄な男とドーベルマンは四つ角まで歩くと、なぜか引き返してきた。人通りは絶えていた。

大男はスカイラインの真ん前で立ち止まると、いきなりフロントバンパーを蹴った。最上は腹を立て、すぐさま車から出た。

「なんの真似だっ」

「てめえこそ、どういうつもりなんでえ。夕方から、ずっと岩佐さんの家の前に張りついてるんだって？」

「岩佐の番犬か。どこの組員なんだ？」

「てめえ、何様のつもりなんだっ。とっとと消《う》せねえと、ミッキーに嚙み殺させるぞ」

大男が凄んで、ドーベルマンの首輪を摑んだ。

ドーベルマンは、いまにも跳《と》びかかってきそうな体勢だった。歯を剝き、低い唸り声をあげている。

「ちょうどいい。岩佐のとこに案内してくれ。岩佐に会って、確かめたいことがあるんでな」

「てめえ、おれの言ったことがわかってねえみたいだな。そっちがそのつもりなら、手加減しねえぞ」

「おれとファイトする気か？　上等だ、相手になってやろう」

最上は身構えた。

大男がいきり立ち、ドーベルマンの首輪から引き綱《リード》を外した。ドーベルマンが前肢《まえあし》を発条《ばね》にして、高く跳躍《ちょうやく》した。

最上は横に跳び、中段回し蹴りを放った。

ドーベルマンが短く鳴き、路上にどさりと落ちた。

最上は踏み込んで、ドーベルマンの眉間《みけん》のあたりをキックした。ドーベルマンが口から白い泡を吹きながら、路面を転げ回りはじめた。

「ミッキー、だらしがねえぞ」

大男が飼い犬を叱りつけ、赤い引き綱《リード》を振り回しはじめた。

引き綱は、かなり太かった。顔面に先端の金具が当たったら、相当痛いだろう。退《さ》がるのは得策ではない。

最上はステップインして、折り曲げた左腕を前に突き出した。狙った通りに、赤い引き綱が腕に絡みついた。

最上は大男を引き寄せると、ボディーブローを放った。

相手の腰が砕けた。最上は大男の浮いた顎に強烈なアッパーカットを浴びせた。たしかな手応えがあった。

大男はのけ反《ぞ》り、尻から路面に落ちた。

最上は手早く左腕のリードをほどき、身を起こしかけているドーベルマンの腹を蹴り上げた。ドーベルマンは宙高く舞った。着地すると、大男を置き去りにして逃げ去った。

最上は引き綱を丸めて、大男に投げつけた。

「どっからでもかかってこいっ」

「堅気《ネス》じゃねえな」

「岩佐のとこに案内してもらおうか」

「ちょっと待ってくれ」

大男は驚くほど敏捷《びんしょう》に起き上がると、そのまま全速力で逃げていった。巨身にもかかわらず、逃げ足はおそろしく速かった。
張り込みに気づかれたわけだから、今夜は引き揚げたほうがいいだろう。
最上はスカイラインの運転席に入り、ドアを閉めた。

# 第二章　強請《ゆす》られた著名人

## 1

わが耳を疑った。

齧《かじ》りかけのバタートーストを落としそうにもなった。最上はテレビの画面に目を向けた。

自宅マンションである。午前九時過ぎだった。

テレビの画面には、西新宿総合病院の外科病棟が映し出されている。画面が変わり、中年男性アナウンサーの顔がアップになった。

「繰り返しお伝えします。昨夜十一時ごろ、入院中の民間職業訓練所所長の長谷部圭太さん、四十九歳の病室に何者かが侵入し、就寝中の被害者を殺害しました。犯人はゴムマットを長谷部さんの顔面に強く押し当て、窒息死させた模様です」

また画面が変わり、犯行現場の特別室が映し出された。最上は食べかけのトーストを皿の上に戻し、コーヒーをブラックで啜《すす》った。

「殺された長谷部さんは一昨日の夕方、自社の所長室で訓練生にゴルフクラブで頭部を強打されて、西新宿総合病院に入院中でした。逮捕された犯人は同じ夜に警察の留置場で自殺しています。そのほか詳しいことは、まだわかっていません。次は放火殺人事件のニュースです」

アナウンサーが間を取った。画面には火災現場が映し出された。

最上は遠隔操作器《リモート・コントローラー》を使って、テレビの電源を切った。セブンスターをくわえ、簡易ライターで火を点ける。

長谷部は、雇い主の岩佐に葬られたのではないか。むろん、詐欺師が自ら手を汚したとは考えにくい。実行犯は、ドーベルマンを引いていた大男だったのか。

その疑いは濃いが、まだ確証は何もない。『リフレッシュ・カレッジ』の訓練生が菅沼靖男を自殺に追い込んだ責任は所長の長谷部にあると考え、天誅《てんちゅう》を下した可能性もある。

最上は事件現場に行ってみる気になった。

煙草の火を揉み消すと、洗面所に足を向ける。

急いで歯を磨き、髭《ひげ》も剃った。最上は寝室で身仕度し、間もなく部屋を出た。

スカイラインを駆って、西新宿に向かう。目的の総合病院に到着したのは十時二十分ごろだった。

最上は車を外来者用駐車場に入れ、外科病棟に回った。三階の事件現場には、立入禁止の札が見えた。

そのほかは、いつもと様子が変わらない。捜査関係者やマスコミの人間たちの姿もなかった。

最上はナースステーションの受付窓口に立った。仕切りガラスは素通しになっている。待つほどもなく三十二、三歳の看護師が姿を見せた。最上は素姓を明かし、話を切り出した。

「きのうの事件のことで、ちょっと話を聞かせてほしいんですよ」

「は、はい」

「きのうの晩、あなたは何時に勤務につかれました？」

「午後十時からです」

「特別室に入院中だった長谷部氏のことは、ご存じですよね？」

「ええ。わたし、十時半ごろ、長谷部さんの病室を巡回したんです。そのとき、長谷部さんはもう寝《やす》まれていました」

「灯《あか》りは？」

「いつものようにスモールライトだけを点けた状態でした」

「病室のドアはロックされていなかったんですね？」

「はい、そうです。個室は内錠付きなんですが、原則としてロックはしないことになっているんです。夜中に患者さんの容態が急変することもありますんで」

「そうでしょうね。巡回が終わったのは、何時ごろでした？」

「十一時数分前だったかしら？」

「その間、ナースステーションにはどなたもいらっしゃらなかったわけじゃないんでしょ？」

「ええ。最低三人の看護師が終夜勤務をしていますので、ここが完全に空っぽになることはありません」

看護師が答えた。

「ということは昨夜、どなたかが長谷部氏を殺害した人物を目撃してそうですね？」

「いいえ、それが……」

「どなたも犯人を見ていない⁉ どういうことなんです？」

「犯人はナースステーションの前は通らずに、非常階段を使って三階に侵入したようなんですよ。ふだん奥にある非常口は封鎖してあるんですけど、犯人は外からピッキングで非常扉のドア・ロックを解いたと思われます。なぜだかアラームは鳴りませんでした。そのことは、今朝の現場検証ではっきりしたみたいです」

「非常口から侵入して、犯人は長谷部氏を殺したのか」

「警察の方たちは、そうおっしゃっていました」

「そうですか。ちょっと事件現場を見せてもらいます」

「あら、どうしましょう⁉　刑事さんたちに、誰も長谷部さんのいた病室には入れないようにと言われているんですよ」

「検事にも捜査権はあるんです。それに警察と検察は、いわば身内みたいなものですから……」

「それなら、別に問題はないのかな？」

「もちろんです」

最上は笑顔で言い、ナースステーションから離れた。清潔な廊下を進みながら、上着のポケットからハンカチを抓《つま》み出す。事件現場に不用意に自分の指紋や掌紋を遺《のこ》すわけにはいかない。

最上は特別室の引き手にハンカチを被《かぶ》せ、ゆっくりと横に滑らせた。病室の窓は白いレースのカーテンで塞《ふさ》がれていたが、室内は割に明るかった。

鑑識係が指紋や足跡の採取をした痕《あと》が生々しい。寝具は剝《は》がされ、ベッドマットが丸見えだった。テレビニュースによると、凶器はゴムマット状の物だったらしい。

最上は屈み込んで、床面をくまなく見回した。

だが、犯人の遺留品と思われる物は何も落ちていなかった。ベッドも仔細《しさい》に観察してみたが、収穫は得られなかった。

最上は特別室を出て、ハンカチをポケットの中に戻した。ナースステーションの前を抜け、エレベーターホールにたたずんだ。

ちょうどそのとき、聞き覚えのある男の声が最上の名を呼んだ。最上は振り返った。ホールの隅に置かれた観葉植物の横に、綿引刑事が立っていた。

「やあ、綿引《ワタ》さん！」

「妙な場所でお会いしますね」

「知人が相部屋に入院してるんですよ」

「その方のお見舞いですか？」

「ええ、そうです。右脚を骨折したんですが、元気そうなんで安心しました」

最上は言い繕《つくろ》った。すると、綿引が眉間に皺《しわ》を寄せた。人を疑っているときに見せる癖だ。

「綿引さん、何なんです？　なんか感じ悪いな」

「最上検事殿は嘘が下手ですね。ポーカーフェイスを極《き》められないし、目の動きも落ち着きを失ってしまう」

「こっちが嘘をつかなきゃならない理由《わけ》でもあるって言うんですかっ」

「理由はあるでしょ？」

「どんな？」

「それをわたしに言わせたいのですか？」

「言ってほしいな」

「それでは、ストレートに申し上げましょう。最上検事殿は、この病棟で殺害された長谷部圭太の事件《ヤマ》に関心を持たれた。それで、犯行現場を踏んでみる気になられたんではありませんか。そうなんでしょう？」

「なぜ、そう推測されたんです？」

最上は問い返した。

「長谷部は一昨日の夕方、菅沼検察事務官の叔父にゴルフクラブで頭部を撲《なぐ》られ、この病院に担《かつ》ぎ込まれました。最上検事殿は、菅沼君をかわいがっていらっしゃる。で、非公式に長谷部殺しの事件を捜査してみる気になったのではないですか？」

「違いますよ。たまたま知人が、この病院に入院していただけです」

「面会時間は午後三時からだと聞いてますがね」

綿引が上目遣《うわめづか》いに言った。掬《すく》い上げるような眼差しだった。

最上は内心の狼狽《ろうばい》を隠して、努めて平静さを装った。

「看護師さんに頼んで、特別に面会を許可してもらったんですよ」

「そうでしたか。最上検事殿を疑うようなことを口走ってしまって、すみませんでした。少し軽率《けいそつ》でした。東京地検の検事殿が嘘なんかつくはずありませんよね」

「なんか奥歯に物が挟まったような言い方だな。それはそれとして、どうして綿引《ワタ》さんがここにいるんです？　新宿署に帳場が立ったんですね？」

「ええ、まあ」

綿引が曖昧《あいまい》な返事をした。帳場が立つというのは、所轄署の要請で捜査本部が設けられることを意味する警察用語だ。

「捜一の面々が新宿署に出張《でば》ってるってことは、昨夜の事件はでっかいわけですね。テレビニュースによると、殺された長谷部という男は平凡な市民みたいですけど。裏の顔でも持ってたのかな？」

「最上検事殿、その手には引っかかりませんよ。何かお探りになりたいんでしょうが、わたしは何も喋る気はありません」

「綿引さんは何か誤解してるようだな」

「そんなことはないと思います」

綿引が意味ありげに笑った。

これ以上話し込んだら、そのうちボロを出しそうだ。最上は、わざとらしく左手首の腕時計に視線を落とした。

「もうこんな時間か。きょうは不起訴処分の手続きをしなきゃならないんですよ。そろそろ登庁しないとな」

「お引き留めして、申し訳ありませんでした。わたしは追加の聞き込みを……」

綿引がそう言い、ナースステーションに足を向けた。応対に現われたのは、さきほどの看護師だった。

彼女に素姓を明かしたのは迂闊《うかつ》だった。当然、綿引は看護師に自分のことを訊くだろう。

最上はそう思いながら、エレベーターの下降ボタンを押した。

一階に降り、スカイラインに乗り込む。スマートフォンの電源を入れた直後、玲奈から電話がかかってきた。

「僚さん、菅沼さんの叔父さんのお葬式に出るの？　もし列席するんだったら、わたしの分の香典を立て替えといてもらえないかと思って。故人とは一面識もなかったけど、菅沼さんはよく知ってるから、何もしないわけにはいかないでしょ？」

「菅沼君は縁者だけで弔うと言ってたから、おれは顔を出さないことにしたんだ」

「そうなの。それじゃ、わたしも香典は包まないことにするわ。そんなことをしたら、かえって迷惑かけることになりそうだものね」

「そのほうがいいだろう。折を見て、菅沼君を慰めてやろうと思ってるんだ」

「そのときは、わたしも同席させて」

「わかった、必ず声をかけるよ。実は、個人的に『リフレッシュ・カレッジ』のことを調べはじめてるんだ」

最上は打ち明けた。玲奈は、最上の裏仕事のことを知っている。以前、悪党たちを追い込む手伝いをしてもらったこともあった。

「そういえば、『リフレッシュ・カレッジ』の所長が入院先で殺されたというニュースが今朝のテレビで報じられてたわね」

「おれはそのことを報道で知って、事件現場にやってきたんだよ。そこで、まずい人間と鉢合わせしたんだ」

「警視庁の綿引刑事と会ってしまったんじゃない？」

「そうなんだよ。新宿署に捜査本部が設置されて、綿引《ワタ》さんは長谷部所長殺しの事件を担当することになったらしい」

「僚さん、慎重に動いたほうがいいんじゃないかな。綿引刑事は、あなたのもう一つの顔に気づいてるようだって話だったでしょ？」

「ああ。おれの勘では、綿引さんは裏仕事のことを完全に見抜いてるみたいなんだ。それなのに、なぜか手錠を打とうとしない」

「綿引刑事は、僚さんの悪人狩りにどこかで共鳴してるんじゃないかしら？　だから、僚さんをとことん追いつめないで、泳がせてくれてるんだと思うわ」

「そうなんだろうか」

「でも、油断しないほうがいいでしょうね。なんといったって、綿引さんは現職刑事なんだから。これ以上、見過ごすわけにはいかないと判断したら、証拠固めをして、裁判所にあなたの逮捕状を請求するはずよ」

「あり得ないとは言い切れないな」

「そんなことになったら、僚さんは検察官の資格を失うことになるわ」

「それはいいとしても、二十七人の更生資金を都合できなくなるのは困るな。あと二億五千万円を工面すれば、組員たちを堅気にしてやれるんだ。深見組を解散する日まで、絶対に捕まりたくない」

「それだったら、より慎重に行動すべきでしょうね」

「綿引さんに尻尾《しっぽ》を摑まれないように気をつけるよ」

「ええ、そうしてね。わたしに手伝えることがあったら、いつでも声をかけて」

玲奈が先に電話を切った。

最上は職場に電話をかけた。受話器を取ったのは馬場部長だった。

「最上です。どうも風邪をひいてしまったらしくて、頭と喉が猛烈に痛いんですよ」

「それはよくないな。仕事のことは気にしないで、ゆっくりと養生《ようじょう》したまえ」

「部長、なんだか嬉しそうですね。こっちは、よっぽど目障《めざわ》りなんだろうな」

「突っかかるような物言いはやめたまえ。わたしは、きみの体のことを真面目に気遣ってるんだ」

「涙が出そうなお言葉だな」

「…………」

「部長、どうして黙り込んじゃったんです？」

「きみは、いったいどういう神経をしてるんだ。仮にも、わたしはきみの上司なんだぞ。上司をからかう部下がどこにいるっ」

「こっちのことを部下だと思ってくださっていたのか。嬉しくて、本当に涙ぐみそうです」

「何日でも、好きなだけ休めばいい！」

馬場が怒気《どき》を含んだ声で言い、荒っぽく受話器を置いた。

最上はにやつきながら、スマートフォンを懐に戻した。

マイカーを成城に向ける。きょうも岩佐邸の近くで張り込むつもりだった。

四十分ほどで、岩佐の自宅にたどり着いた。

最上はスカイラインを岩佐邸の少し先に停止させ、ミラーの角度を調節した。ドライバーズ・シートに深く凭《もた》れかかっていても、岩佐邸の門のあたりはよく見える。

最上はラスクで空腹をなだめながら、張り込みを開始した。

岩佐は外出しているかもしれない。最上はきのうと同じように偽電話をかけたい衝動に駆られたが、すぐに思い留《とど》まった。

連日、妙な探りを入れたら、逆効果になる恐れがありそうだ。岩佐が警戒心を強め、家から一歩も出なくなってしまったら、締め上げることができなくなる。

気長に待とう。最上は自分に言い聞かせ、ミラーを仰ぎつづけた。

岩佐邸の生垣の際に灰色のプリウスが寄せられたのは午後二時半ごろだった。ナンバーで警察車とわかった。

最上は、できるだけ姿勢を低くした。

プリウスから姿を見せたのは、なんと綿引だった。綿引は門の前まで歩き、インターフォンを押した。

ややあって、女の声で応答があった。岩佐夫人の声だった。

「警視庁の綿引といいます。岩佐諭さんはご在宅でしょうか?」

「はい、おりますが……」

「『リフレッシュ・カレッジ』のことでうかがいたいことがあるんですよ。お手間は取らせません」

「わかりました。すぐ門扉のロックを解除しますので、そのままお入りになってください」

「はい。それでは、お邪魔します」

綿引が数秒待ってから、門扉を押し開けた。

自分がここで張り込んでいたら、そのうち綿引に見つかるのではないか。亀岡に代役を引き受けてもらうか。

最上はスカイラインを急発進させた。

## 2

スカイラインのすぐ後ろにエルグランドが停まった。

深見組の車である。岩佐邸の近くの脇道だった。

午後四時数分前だ。最上は素早くスカイラインから出た。

代貸の亀岡がエルグランドの運転席から降りかけていた。最上はそれを手で制し、エルグランドに歩み寄った。

いつも着流し姿の亀岡は、流行遅れのツイードジャケットを着ていた。その下は、綿ネルの長袖シャツだ。下は黒っぽいチノクロスパンツだった。

「若、遅くなって申し訳ありません。途中で道を間違えてしまって」

「こっちこそ、急に駆り出して悪かったですね」

「いいえ、とんでもない。そうそう、ご報告が遅くなりましたが、塩谷の姐さんの見舞いに行ってきました」

「ご苦労さまでした。それで、どうだったんでしょう？」

「血圧も下がったとかで、お元気そうでしたよ。姐さん、若によろしく伝えてほしいとおっしゃっていました。あと数日で退院できるそうです」

「入院中に一度、おれも顔を出すつもりです」

最上は言った。

「その必要はないと思います。塩谷会長も姐さんもお気を遣いなさる方ですので、若がわざわざ見舞いに出向いたら、恐縮なさるでしょう」

「しかし、関東仁勇会の総大将の奥方が入院されたわけだからね」

「ですが、若は根っからの渡世人《とせいにん》じゃありません。成り行きで深見組の三代目をお継ぎになった恰好ですが、現職の検事さんなんです。会長ご夫妻はそのあたりのことを考慮なさって、若の見舞いは必要ないとおっしゃったにちがいありません」

「そういうことなら、義理掛けは遠慮しておきます」

「ええ、そうなさってください。ところで、岩佐って野郎の家《ヤサ》はどこなんです？」

亀岡が訊いた。

最上は岩佐邸のある場所を細かく教え、上着のポケットを探った。抓《つま》み出した岩佐の写真を亀岡に手渡す。

「いかにも詐欺をやりそうな卑《いや》しい面《つら》してやがる」

「そうですね。亀さんは岩佐の自宅前に張りついていてほしいんですよ。それで、岩佐が外出したら、尾行してくれませんか」

「わかりました。若は、この道で待機されるんですね？」

「そうです。何か岩佐に動きがあったら、こっちのスマホを鳴らしてください」

「了解しました」

「亀さん、灰色のプリウスが目についたら、いったん岩佐の家《ヤサ》から遠ざかってください」

「その車は覆面パトカーか何かなんですね？」

「そうです。それじゃ、よろしく！」

「合点です」

亀岡がパワーウインドーのシールドを上げた。

最上は自分の車の中に戻った。そのとき、エルグランドが発進した。亀岡の車は四つ角を右折し、すぐに見えなくなった。

最上はセブンスターに火を点けた。

時間が虚《むな》しく流れ去った。スマートフォンが着信音を発したのは、五時四十分ごろだった。

最上はスマートフォンを耳に当てた。

「自分です。いま、岩佐がベンツに乗って出かけました。車体の色は渋いグレイです」

亀岡が早口で報告した。

「岩佐が自分で車を運転してるんですか？」

「そうです。車内には、ほかに誰も乗ってません」

「そう。岩佐は愛人の演歌歌手とどこかで密会するのかもしれないな」

「なんかがっかりです」

「え？」

「若、自分は小日向あかりの大ファンだったんですよ。あかりは女心の切なさを情感たっぷりに歌うんで、大好きなんです。けど、岩佐のようなペテン野郎の世話を受けてるんじゃ、いい女じゃありません」

「芸能人の実像と虚像はかけ離れてるものでしょう？」

「それはそうなんでしょうが、イメージと違い過ぎますよ」

「亀さんの嘆きはわかるが、しっかり岩佐の尾行を頼みます。こっちは少し距離を取りながら、エルグランドに従《つ》いていきます」

最上は電話を切ると、スカイラインを走らせはじめた。岩佐邸の前の通りに出る。
三、四十メートル前方をエルグランドが走っていた。その先に、灰色のベンツが小さく見えた。
最上はステアリングを捌《さば》きながら、何度もミラーに目をやった。

綿引の車は、どこにも見当たらなかった。

ベンツは新宿方面に向かっている。岩佐は新宿西口の超高層ホテルの一室で愛人と肌を貪り合うつもりなのか。最上はそう思ったが、予想は外れた。

岩佐の車は、西武新宿駅に隣接するシティホテルの地下駐車場に潜《もぐ》った。エルグランドにつづいて、最上もスカイラインを地下駐車場に入れた。

岩佐が慌《あわ》ただしくベンツを降り、エレベーター乗り場に足を向けた。最上は急いでスカイラインを降り、エルグランドに走り寄った。

亀岡がパワーウインドーのシールドを下げる。

「若、自分が岩佐を追いましょう」

「亀さんは、ここで待機しててくれませんか。まだ面は割れてないから、こちらが奴に接近します」

最上は言いおき、すぐ岩佐を追った。

岩佐はエレベーターには乗らなかった。階段を使って、一階ロビーに上がる。最上も階段を駆け上がった。

岩佐はロビーの中ほどで、三十代後半に見える長髪の男と何か話し込んでいた。

男は勤め人には見えない。何か自由業に携わっているのだろう。

岩佐たち二人は短い会話を交わすと、フロントの右手にあるティールームに入った。最上はロビーのソファに腰かけ、五分ほど時間を遣り過ごした。それから、ティールームに足を踏み入れた。さりげなく店内を見回す。

テーブル席は半分ほど埋まっていた。岩佐と髪の長い男は、奥の席で向かい合っている。通路を挟んで真横の席が空いていた。最上はそこに坐り、ウェイトレスにコーヒーを注文した。

岩佐たちは話に熱中していて、最上には目もくれなかった。好都合だ。最上は耳をそばだてた。

「捨てる神もあれば、拾う神もあるんだな。専属契約を結んでた写真週刊誌が休刊になったときは、それこそお先真っ暗になりました。フリーのカメラマンで喰っていくのは、本当に大変なんですよ」

長髪の男が岩佐にそう言った。

「そうだろうな」

「あなたにおいしい話を持ちかけられたときは、胸に一条の光が射《さ》し込んできた気がしましたよ」

「オーバーだね」

「いいえ、正直な話です。ああ、そういう商売もできるんだなと教えられましたよ。休刊になった写真週刊誌はそれほどページ数が多くなかったんで、掲載してもらえなかったスクープ写真が結構あるんです」

「そうだろうね」

「ページ数のこともそうですけど、ほかにも制約があったんです」

「どんな？」

岩佐が問いかけた。

「超大物の政財界人や闇社会の顔役たちのスキャンダル写真を撮っても、たいていボツにされたんです。そうした危《ヤバ》い写真を掲載したら、何らかの仕返しをされますんでね。だから、編集長も最初からそういう種《ネタ》には興味を示さなかったんですよ」

「そう」

「信じられないようなスキャンダラスな写真が何十カットもあるんですが、ぼくらも命は惜《お》しいですから」

「それはそうだよな。ところで、例のデジカメのSDカードは持ってきてくれた？」

「ええ、いま出します」

長髪の男がかたわらに置いた革製のショルダーバッグの中から、茶封筒を取り出した。

どうやら岩佐は、パパラッチから誰かのスキャンダル写真の画像データを買い取る気らしい。最上はコップの水を飲んだ。

ちょうどそのとき、コーヒーが運ばれてきた。岩佐がウェイトレスをちらりと見た。髪の長い男はウェイトレスが遠のくと、小声で話しはじめた。

「SDカードだけじゃなく、一応、プリントも入れてありますので」

「そうなの」

岩佐が茶封筒を受け取り、中身を検《あらた》めた。

「決定的なシーンが写ってるでしょ？　高倍率の望遠レンズを使って、向かいのマンションの非常階段の踊り場から被写体を盗み撮りしたんですよ。張り込んで四日目に、ようやくチャンスが訪れたんです」

「この写真を見れば、二人が不倫の関係だと誰もがわかるな」

「ええ、もろにわかりますね」

「いい写真を手に入れたよ」

「岩佐さん、ちょっとお願いがあるんです」

長髪の男が言いづらそうに切り出した。

「お願い？」

「はい。そのＳＤカード、二百万円じゃ、安いと思うな」

「ほう、駆け引きする気か。あまり欲を出すと、ろくなことにはならないよ」

「しかし、もう少し色をつけてもらわないとね」

「今回で終わりというわけじゃないんだ。次回の買い取り値に色をつけてやろう」

「そういうことでしたら、今回は二百で結構です」

「それじゃ、これを……」

岩佐が上着の内ポケットから白い封筒を摑み出し、テーブルの下で男に手渡した。かなり分厚かった。中身は二百枚の万札だろう。

髪の長い男がにこにこしながら、白い封筒をショルダーバッグの中にしまい込んだ。

最上は先にティールームを出て、地下駐車場に駆け降りた。亀岡が最上の姿に気づき、エルグランドから出てきた。

向かい合うと、最上は手短《てみじか》に経過を話した。

「岩佐はスキャンダル写真のＳＤカードを手に入れて、誰か名のある人物を強請《ゆす》る気なんでしょう」

「おそらく、そうなんだろう。こっちはパパラッチを締め上げる。亀さんは、岩佐の尾行をつづけてください」

「わかりました。後で、若に連絡します」

亀岡が言った。

最上はうなずき、一階ロビーに上がった。ソファに坐り、備えつけの新聞を拡げた。

いくらも経たないうちに、ティールームから岩佐たち二人が出てきた。二人はティールームの前で別れた。岩佐は地下駐車場に降りていった。髪の長い男は正面玄関に向かった。

最上は新聞をラックに戻すと、長髪の男を追った。男は東急歌舞伎町タワーの前を通過し、職安通りに向かっている。

最上は職安通りの少し手前で、男を呼びとめた。

「え？」

「ちょっと待ってくれ」

髪の長い男が立ち止まった。最上は相手と肩を組む振りをして、素早くベルトをむんずと摑んだ。

「な、何なんだよっ」

「東京地検刑事部の者だ。そっちに訊きたいことがある。ちょっと来てくれ」

「おれ、何も危《ヤバ》いことなんかしてない。手を放してくれよ」

男がもがいた。最上は男を近くにある大久保公園の中に連れ込んだ。

ベンチに路上生活者《ホームレス》と思われる男たちが三人腰かけて、カップ酒を回し飲みしていた。いずれも初老だった。周辺に街娼はいなかった。数日前に取り締まりがあったのだろう。

最上は、遊歩道から死角になる暗がりに長髪の男を連れ込んだ。繁みの中だった。

「おれが何したってんだよっ」

相手が息巻いた。

「そっちは岩佐に二百万円で、誰かのスキャンダル写真のデータを売ったな？」

「なんの話をしてるんだよ⁉　さっぱりわからない」

「おれはホテルのティールームで、一部始終を見てたんだ」

最上は言いざま、相手の睾丸《こうがん》を膝頭で蹴り上げた。

男は唸って、頽《くずお》れた。最上は男の背後に回り込み、喉を右腕で絞めつけた。男が喉を軋《きし》ませ、苦しがった。

「素直にならないと、そっちの首の骨をへし折るぞ。まず名前から聞こうか」

最上は幾分、腕の力を緩めた。

「な、中塚《なかつか》だよ」

「写真週刊誌の元専属カメラマンだな？」

「そうだよ」

「そっちが盗撮した被写体は、どこの誰なんだ？」

「それは岩佐さんに訊いてくれ」

「念仏を唱えろ」

「お、おれを殺す気なのか!?」

中塚と名乗った男が素《す》っ頓狂《とんきょう》な声をあげた。

「こっちは、もう人生を棄《す》ててるんだ。人殺しも平気でやれる」

「だけど、あんた、検事なんだろ？」

「検事だって、人の子だ。捨て鉢になりゃ、どこまでもアナーキーになれるさ」

最上はそう言い、中塚の喉を強く圧迫した。

中塚が動物じみた唸り声を洩らしながら、掌《てのひら》で地べたを二度叩いた。降参のサインだろう。最上は右腕を喉元から離した。

「岩佐さんに売った写真には、政治評論家の正岡友章《まさおかともあき》と女優の花水百合香《はなみずゆりか》が写ってるんだ」

中塚が喘《あえ》ぎ喘ぎ言った。

正岡は新聞記者出身の政治評論家で、テレビのコメンテーターとしても知られている。四十七、八歳で、甘いマスクをしていた。妻子持ちだ。

女優の花水百合香は二十九歳で、独身である。しかし、恋多き女として、絶えず女性週刊誌を賑わせていた。

「二人は、どこで密会してたんだ？」

「花水百合香の自宅マンションだよ。二人はバスローブ姿で、居間でじゃれ合ってたんだ。正岡はかなり酔ってたらしく、百合香のバスローブの裾を捲《めく》ったり、胸の谷間に手を突っ込んでた。二人の濃厚なキスシーンも撮らせてもらった」

「岩佐は、正岡たち二人から金を脅し取るつもりなんだなっ」

「そうなんだろうけど、はっきりしたことはわからないよ」

「岩佐とは、いつごろからつき合ってるんだ？」

最上は訊いた。

「別につき合ってるわけじゃないよ。先週、岩佐さんが突然、おれのスマホに電話してきて、有名人のスキャンダル写真のデータを高値で買い取ってやると言ったんだ」

「それで？」

「おれは少しまとまった金を手に入れたかったんで、未発表のスクープ写真をたくさん持ってるとスキャンダルの主たちのことを具体的に教えてやったんだ。そうしたら、岩佐さんは、とりあえず正岡友章のスキャンダル写真のデータを二百万円で譲ってくれと言ったんだよ」

「正岡の知名度が最も高かったってことか」

「いや、知名度がもっと高いプロ野球選手やお笑いタレントのスキャンダル写真もあったんだ。だけど、岩佐さんはなぜだか正岡友章のスキャンダル写真データを欲しがったんだよ」

「政治評論家よりも、野球選手や売れっ子お笑いタレントのほうが金を持ってると思うがな」

「正岡の稼ぎはともかく、彼は北陸地方で最も大きな総合病院の経営者の息子なんだよ。それから、三つ違いの実兄は東都医大の脳外科部長なんだ」

中塚が言った。

岩佐は正岡友章の弱みを切札にして、彼の実兄に脅しをかけ、東都医大に裏口入学の〝窓口〟をつくる気でいるのではないか。そうしたルートを幾つか持っていれば、別に医大受験予備校を閉鎖しても、ダーティー・ビジネスはできる。

最上は、そう推測した。

「おれは写真データを岩佐さんに買ってもらったけど、恐喝グループの一員じゃない。つまり、共犯者じゃないんだ。自分はプロの写真家なんだから、撮ったものを誰に売っても問題はないはずだよ。たとえ売った写真データが強請《ゆすり》の材料に使われたとしても、おれに責任はないと思うな」

「そっちは根性が腐ってる」

「円安で景気がよくないのに、きれいごとを言ってたら、喰っていけないよ」

中塚がそう言い、せせら笑った。最上は少し退《さ》がり、ワークブーツの先で中塚の背中を思うさま蹴った。

中塚が呻いて、背中を反らした。そのまま横倒しに転がり、体を丸める。

「岩佐に余計なことを喋ったら、そっちを殺すからな」

最上は言い捨て、遊歩道に走り出た。

大久保公園を出ると、すぐに彼は亀岡に連絡した。

「亀さん、おれです」

「いま、若に連絡しようと思ってたんですよ。岩佐は、ほんの少し前に公演先の楽屋に消えました。小日向あかりのリサイタルが開かれてるんですよ。お祝いに駆けつけたんでしょう」

「奴のベンツは？」

「新宿東宝ビルの専用駐車場に置いてあります。自分、その前の広場に駐《と》めた車の中にいるんです」

「おれ、すぐ近くにいるんだ。いま、そっちに回ります」

「わかりました」

亀岡が通話を切り上げた。

最上は東京都健康プラザの巨大な建物の横を抜け、花道《はなみち》通りを突っ切った。いくらも歩かないうちに、新宿東宝ビルの前に出た。

広場に回り込むと、十人前後の若い男たちがエルグランドを取り囲んで運転席の亀岡に何か喚《わめ》きたてていた。

半グレたちか。揃《そろ》って同色のパーカを羽織っている。

「おい、なんの騒ぎなんだっ」

最上は大声を張り上げた。すると、半グレ風の男が振り返った。

「おたく、エルグランドに乗ってるおっさんの知り合いなの?」

「ああ、そうだ。いったい、どうしたというんだ?」

「エルグランドが邪魔だから、ちょっとタイヤを蹴ったんだ。そうしたら、おっさんがクラクションを長く鳴らしやがったんだよ。だから、おれたちは頭にきて、みんなで車体を揺さぶってやったんだ」

「ま、勘弁してやってくれ。おれの連れはタイヤを蹴られたんで、むっとしたんだろう」

最上は相手をなだめた。

そのとき、エルグランドの運転席から亀岡が勢いよく飛び出してきた。白鞘《しらさや》を握りしめていた。

「ガキども、死ぬ覚悟があるんだったら、かかってきな」

亀岡が啖呵《たんか》を切って、若い男たちを鋭く睨みつけた。半グレ風の男たちは一斉に後ずさった。ただ、リーダー格の男は怯《ひる》まなかった。

「おっさん、威勢がいいじゃねえか。匕首《ドス》持ってるとこを見ると、どっかの筋者だな。おれは、ヤー公なんか怕《こわ》くないぜ」

「坊主、粋《いき》がるんじゃねえ」

亀岡が短刀の柄尻《えじり》で、相手の胸を突こうとした。そのとき、リーダー格の男が腰の後ろから中国製トカレフのノーリンコ54を引き抜いた。ベルトに挟んでいたのだろう。

亀岡の体が強張《こわば》った。

最上は拳銃を取り出した男の利き腕に手刀打《しゅとう》ちを浴びせた。ノーリンコ54が路上に落ちる。

亀岡が、ノーリンコ54を落とした男の顔面に頭突きを浴びせた。相手の男は前のめりになった。

すかさず亀岡が男に足払いを掛けた。男は転倒して、短く呻いた。

最上はノーリンコ54を拾い上げ、あたりを見回した。いつの間にか、大勢の野次馬が群れていた。

「若、逃《フケ》げましょう」

亀岡が運転席に入り、助手席側のドア・ロックを外した。

最上は銃把《グリップ》から弾倉《マガジン》を引き抜き、遠くに投げ捨てた。ノーリンコ54は足許に落とし、大急ぎでエルグランドの助手席に乗り込んだ。

亀岡がクラクションをけたたましく鳴らし、エルグランドを急発進させた。野次馬たちが左右に散った。

「血の気が多いな、亀さんは」

「年甲斐《としがい》もなく、ついカーッとしちまって。お恥ずかしいことです」

「たまには、いいんじゃないかな」

「いやあ、みっともないことをしました」

「誰かが一一〇番したかもしれないから、いったん新宿から遠ざかりましょう。四谷あたりまで走って、元いた場所に戻ってくれますか」

最上は言って、ヘッドレストに頭を預けた。

亀岡は車を四ツ谷駅まで走らせると、ゆっくりと歌舞伎町に引き返した。

シネシティ広場にパトカーは停まっていなかった。制服警官たちの姿も見当たらない。

「誰も一一〇番しなかったんですかね?」

亀岡がそう言いながら、エルグランドを新宿東宝ビルの専用駐車場に横づけした。

「岩佐のベンツは？」

「くそっ、消えてます。ガキどもと揉めてる間に、岩佐は帰っちまったんでしょう。若、済まない。自分のせいです」

「代貸、車をホテルに回してくれませんか。おれのスカイラインは、地下駐車場に置きっぱなしなんです」

最上は穏やかに言って、フロントガラスの向こうに視線を投げた。

3

応答はない。

インターフォンのスピーカーは沈黙したままだった。最上は道の端まで退がり、政治評論家の正岡友章の洒落《しゃれ》た造りの自宅を見上げた。

窓という窓は、シャッターで閉ざされている。

正岡邸は目黒区柿の木坂の閑静な住宅街にあった。敷地は優に百数十坪はありそうだ。庭木も多い。

岩佐の尾行に失敗した翌日の午後三時過ぎだ。成城の岩佐邸の前には、亀岡が張り込んでいる。だが、岩佐は外出する気配がないらしい。

最上は通りの左右をうかがった。

人影はなかった。素早く最上は正岡邸の石塀《いしべい》を乗り越えた。庭木伝いに横に動き、洋風住宅に接近した。

目で、電話保安器を探す。それは居間と思われる部屋の外壁に取り付けられていた。割に高い位置だった。

最上は庭を見回した。

隅に物置があった。物置に歩み寄る。戸はロックされていなかった。物置の中には、アルミ製の脚立《きゃたつ》があった。

最上は脚立を使って、電話保安器の蓋《ふた》を外した。

ヒューズ型盗聴器を仕掛け、脚立を物置の中に戻す。石塀を跨《また》ぎ、路上に飛び降りた。ごく自然な足取りで、スカイラインまで歩く。誰にも見咎《みとが》められなかった。

最上は運転席に入ると、グローブボックスの中から自動録音装置付きの受信機を取り出した。煙草の箱ほどの大きさで、黒色だった。

この機器を盗聴器を仕掛けた場所から半径百五十メートル以内の場所に隠しておけば、王岡家の電話の遣《や》り取《と》りは自動的に録音される。

これを隣家の生垣《いけがき》の中に突っ込んでおくか。

最上はドアの把手《とって》に手を掛けた。ちょうどそのとき、正岡邸のガレージの前にシルバーグレイのアウディが停まった。

運転席には、マスクの整った政治評論家が坐っていた。リア・シートには中年女性と二十歳《はたち》前後の娘が並んで腰かけている。正岡の妻子だろう。一家は旅行に出かけていたようだ。

最上は車の中に留《とど》まった。

正岡がリモコン操作でガレージのオートシャッターを巻き揚げる。アウディは車庫に収められた。シャッターが下ろされ、ガレージは見えなくなった。

きっと岩佐は、正岡にスキャンダル写真のデータを売りつけるにちがいない。裏取引場所がわかれば、詐欺師を押さえられる。

最上は自動録音装置付き受信機にイヤフォンをセットした。紙煙草を喫いながら、辛抱強く待ちつづける。

正岡宅の受話器が外れたのは午後五時過ぎだった。政治評論家と男のくぐもった声がイヤフォンから流れてきた。

——正岡先生ですね？

——ええ、そうです。どなたですか？

——大串《おおぐし》という者《もん》です。

——どちらの大串さんでしょう？　テレビ局の方かな。

——いや、違う。ちょっと個人的なことで、先生にお電話したんですよ。

——個人的なこととおっしゃると？

——先生、女遊びもいいけど、少しは気をつけないとね。花水百合香のマンションで戯《たわむ》れるときは白いレースのカーテンだけじゃなく、厚手のドレープ・カーテンもちゃんと閉めたほうがいいな。照明を点けてると、レースのカーテンだけでは、部屋の中が透けて見えるから。

——きみは何を言ってるんだっ。花水百合香さんとはたまたまテレビの同じ番組に出演したことがあって、一度だけ番組スタッフたちを交《まじ》えて食事をしたことがあるが、彼女とは親密な間柄じゃない。

——先生、そんなふうに言い切っちゃってもいいのかな。こっちは証拠写真のデータを持ってるんですよ。

——えっ⁉

――先生は売れっ子女優のおっぱいにタッチしたり、バスローブの裾《すそ》を捲《めく》ったりしてた。そういう写真が何枚もあるんだ。なんなら、奥さん宛《あて》にプリントを送りましょうか。えへへ。

――そんなことはやめてくれ。狙いは金だな。データをいくらで買い取れというんだっ。

――一億円でどうでしょう？

――無茶を言うな。わたしは実業家ではないし、芸能人でもないんだ。せいぜい用意できるのは、百万円か二百万円だよ。

――そんな端金《はしたがね》じゃ話にならないな。先生の親父さんは北陸地方で一番でっかい総合病院の理事長なんでしょ？　それから、お兄さんは東都医大の脳外科部長だよね？

――父や兄に迷惑はかけられない。わかった、なんとか五百万円を工面《くめん》する。それで、データを譲ってくれ。頼む！

――金を出し惜しみすると、先生はマスコミ界から消えることになるよ。それでもいいのかな。先生は主婦層に人気があるようだが、花水百合香を愛人にしてることが発覚したら、テレビの仕事はもちろん、講演や原稿の依頼もなくなるでしょう。

――いくらなんでも、一億円なんて無理だよ。わたしの仕事は派手に映るかもしれないが、収入はそれほど多くないんだ。

――花水百合香に相談してみなさいよ。彼女は映画やテレビドラマだけじゃなく、数多くのCMに出演してる。一億や二億ぐらいは、どうってことないでしょ？

——彼女に相談するわけにはいかない。

——男の沽券《こけん》にかかわるってわけですか。

——ああ、そうだ。

——相談すれば、あの女優は一億ぐらい出すと思うがな。だって、スキャンダル写真が公《おおやけ》になったら、彼女の芸能生活も危うくなるわけですから。

——き、きみは最初っから百合香に一億円出させる気だったんじゃないのかっ。そうなんだろうが！

——別に、そこまで考えてたわけじゃありませんよ。こちらは、どちらが金を工面してもいいんです。要するに、一億円を手に入れたいだけなんだ。

——少し時間をくれないか。

——いいでしょう。一週間だけ待ちますよ。また、こちらから連絡します。


通話が終わった。

脅迫者の声は不明瞭だった。おそらくボイス・チェンジャーを使っているのだろう。

正岡はいったん受話器を置くと、すぐにどこかに電話をかけた。

――わたしだ。

――あら、先生。家族旅行中なんでしょ？

――もう柿の木坂の家に戻ってきたんだ。百合香、大串という名の男を知ってるかい？

――ううん、知らないわ。先生、なんか声が沈んでるわね。何か困ったことでも？

――ついさっき、大串と名乗る男が脅迫電話をかけてきたんだ。奴は、わたしがきみのマンションで悪ふざけをしてるときの写真のデータを持ってると言ってた。

――それ、吹かしなんじゃないの？

――いや、そうじゃないだろう。わたしがきみのバスローブの裾を捲ったときの写真もあると具体的なことを言ってたんで。

――そうなの。まずいことになったわね。それで、大串とかいう男は写真のデータを先生に売りつける気なのね？

――ああ、そうなんだ。一億円で買い取れと言ってきたんだよ。

――一億円ですって!?

――そうだ。とてもわたし個人では調達できる額じゃない。といって、スキャンダル写真がマスコミに流れたら、わたしたちの前途は……。

――先生、お金はいつまでに用意しろと言われたの？

——一週間の猶予《ゆうよ》をもらった。

——先生、一億円はわたしがなんとか用立てるわ。独立して自分の事務所を持つときのため、事業資金を一億ちょっとプールしてあるの。

——それはよくない。きみは、一日も早く自分の事務所を設立することを願ってたんだ。わたしのために準備金を回してもらうわけにはいかないよ。

——先生のためだけじゃないの。わたし自身も醜聞の類《たぐい》は揉み消したいのよ。スキャンダルがすっぱ抜かれたら、女優生命はおしまいになっちゃうもの。わたし、いまの仕事は天職だと思ってる。だから、癪《しゃく》だけど、一億円はくれてやるわ。

——しかし、大変な巨額だよ。

——コマーシャルの仕事をもっと引き受ければ、そのぐらいの出演料《ギャラ》は稼げるわ。

——自分の腑甲斐《ふがい》なさに腹が立つよ。

——いいのよ、気にしなくても。先生は評論家なんだから、わたしたち芸能人みたいに荒稼ぎできないもんね。

——一千万円は、わたしがなんとか都合つけるよ。きみは九千万円を工面してくれれば……。

——ええ、わかったわ。

——すぐに九千万円を返すことはできないが、少しずつでも必ず返済する。

——別に返してくれなくてもいいの。それより、こんなことがあったからって、先生、わたしから離れないでね。わたし、いろいろあったけど、本気で愛した男性は先生だけなんだから。

——わかってる、わかってるよ。わたしだって、死ぬまで百合香とは別れたくない。

——嬉しいわ。明日にでも銀行の定期預金を解約して、九千万円を用意しておくね。

——済まないな。わたしも一千万円を必ず都合するよ。それでは、そういうことで。

正岡が先に電話を切った。

最上はイヤフォンを外した。そのすぐ後、検察事務官の菅沼から電話がかかってきた。

「最上検事、体調が悪いんですか？」

「いや、そうじゃないんだ。例の件で動き回ってるんで、職場には顔を出してないんだよ」

「そうだったんですか」

「叔父さんの葬儀は無事に終わったのか？」

「ええ、なんとか。淋《さび》しい葬式でしたけどね。最上検事、『リフレッシュ・カレッジ』の件はどうなんです？」

「少し収穫があったよ」

最上はそう前置きして、これまでの経過を話した。

「岩佐諭が雇われ所長の長谷部を誰かに殺《や》らせたことは、ほぼ間違いなさそうですね？」

「ああ」

「ということは、岩佐はリストラ退職者たちを喰いものにしてただけではなく、ほかにも悪事をいろいろやってるんでしょう。その秘密を長谷部に握られてたんで、早目に口封じを……」

「そう考えてもいいだろうな。岩佐が中塚というパパラッチから正岡友章のスキャンダル写真のデータを二百万円で買い取ったのは、東都医大に裏口入学の〝窓口〟を作りたいと考えてるからなんじゃないか」

「最上検事、ちょっと待ってください。そうだとしたら、岩佐は正岡の実兄の脳外科医に直《じか》にスキャンダル写真を送りつけて、取り込もうとするんじゃないですか？」

「岩佐は欲深なんだろう。まず弟から一億円の口止め料を脅し取ってから、兄のドクターにも揺さぶりをかけるつもりなんだと思う」

「そうなんでしょうか。それはそうと、岩佐の愛人と思われる小日向あかりの自宅の住所はもう突きとめましたか？」

「いや、まだだよ。所属プロに電話をして、あかりの自宅のアドレスを聞き出そうとしたんだが、教えてもらえなかったんだ」

「なら、ぼくが調べましょうか？」

「きみに頼むか。小日向あかりは、新宿東宝ビルの近くで公演中なんだ」

「それじゃ、新宿東宝ビルの前で待って、公演先を出てきた小日向あかりを尾《つ》けてみますよ」

「そうしてもらえると、ありがたいな」

「あかりの自宅がわかったら、連絡します」

菅沼が電話を切った。

最上はスマートフォンを懐に戻すと、自動録音装置付き受信機を手に持った。静かに車を降り、正岡邸の隣家の生垣に近づいた。

黄楊《つげ》の垣根の根方《ねかた》に受信機を隠し、すぐにスカイラインに戻る。運転席のドアを閉めたとき、岩佐邸に張りついている亀岡から連絡が入った。

「若、岩佐の家《ヤサ》に三十代半ばの崩れた感じの男が十分ほど前に入っていきましたが、そいつの正体を突きとめましょうか？」

「そいつは、レスラーみたいな体格《ガタイ》の男ですか？」

「いいえ、中肉中背でしたね。やくざ者ではなさそうですが、どことなく荒《すさ》んだ野郎です」

「そう。それじゃ、亀さんにはその男の正体を突きとめてもらおうか。こちらは柿の木坂から成城に回ります」

最上は電話を切ると、車を走らせはじめた。

岩佐邸に着いたのは三十数分後だった。路上にエルグランドは見当たらなかった。亀岡は怪しい男を尾行しているにちがいない。

最上は、スカイラインを岩佐邸の隣家の脇に寄せた。綿引がどこかに潜《ひそ》んでいるような気がしたが、接近してくる人影はない。

最上は手早くライトを消し、エンジンも切った。

七時を過ぎても、岩佐は外出する様子がなかった。最上は空腹感を覚え、ビーフジャーキーを齧りはじめた。

その矢先、亀岡から電話連絡が入った。

「若、例の野郎の正体がわかりました。早坂洋《はやさかひろし》って名前で、『ドリームエンタープライゼス』という芸能プロダクションの社員でしたよ」

「芸能プロの社員だったのか。あまり馴染《なじ》みのないプロダクションだが、オフィスはどこにあるのかな」

「市谷《いちがや》です。オフィスは雑居ビルの中にあるんですが、社員は数人しかいないようです。

ただ、ビルの管理会社の話によると、『ドリームエンタープライゼス』は大手芸能プロの『エコーミュージック』の系列会社だっていうんですよ」

「そうなのか」

「どうも『エコーミュージック』が節税対策で、『ドリームエンタープライゼス』を設立したようですね。早坂たち数人の社員は仕事らしい仕事もしないで、昼間っから雀荘に入り浸ってます」

「それじゃ、実質的にはゴーストカンパニーなんだろう」

「そうだと思います。そんな会社に勤めてる早坂と岩佐に何か接点がありますかね？」

「亀さん、花水百合香の所属プロダクションはわかります？」

最上は問いかけた。

「花水百合香は確か業界二番手の『香月《こうづき》プロ』だったと思います。若、何か見えてきたんですか？」

「正岡と百合香の電話の遣《や》り取《と》りを盗聴してわかったことなんだが、人気女優は独立したがってるようなんだ。つまり、自分の事務所を設立したがってるんですよ。そのことを最大手プロの『エコーミュージック』が知って、汚い手で花水百合香を自社のタレントとして取り込む気になったんじゃないだろうか」

「そのため、『エコーミュージック』は岩佐にスキャンダル写真のデータを入手させたってことですね？」

「そうなんじゃないのかな。多分、早坂って奴は単なる連絡係なのかもしれません。親会社の社員が動くと、人目につきやすい。そこで、『エコーミュージック』は子会社の『ドリームエンタープライゼス』の早坂洋を連絡係にしたんじゃないだろうか」

「若の推測通りなら、岩佐は相当な悪党ですね。裏口入学詐欺を働き、リストラ退職者を喰いものにして、さらに恐喝までやろうとしてるんですから」

「亀さん、早坂をもう少し尾行してみてくれますか。ひょっとしたら、今夜、親会社の誰かと接触するかもしれないんで」

「わかりました。いま、自分は雑居ビルの斜め前に車を停めてあるんですよ。出入口は一カ所なんで、早坂がオフィスから出てきたら、すぐにわかるでしょう。何か動きがあったら、若に連絡します」

亀岡が通話を切り上げた。

最上はスマートフォンを上着の内ポケットに入れ、セブンスターに火を点けた。岩佐の自宅は静まり返っている。

亀岡から電話がかかってきたのは、午後九時を数分回ったころだった。

「若、早坂って野郎は赤坂の有名なチャイニーズ・レストランで意外な人物と飯を喰ってました」

「意外な人物って？」

「花水百合香が所属してる『香月プロ』の森江竜生《もりえたつお》という社長です。森江は五十年配で、口髭《くちひげ》を生やした野郎です。てっきり早坂は、親会社の『エコーミュージック』の役員あたりと会うと思ってたんですがね。若、いったいどういうことなんでしょう？」

「もしかしたら、『香月プロ』の森江社長はライバルの『エコーミュージック』の仕業《しわざ》に見せかけて、岩佐が手に入れたスキャンダル写真で正岡に一億円の口止め料を要求したのかもしれないな」

「若、話がよく呑《の》み込めませんが……」

「正岡は脅迫されたことを愛人の花水百合香に話す可能性がある。現に正岡は愛人に電話をかけてます。森江は花水百合香の独立を阻《はば》む目的で、スキャンダルの証拠を手に入れた。スキャンダル写真を手に入れた岩佐に一億円を脅し取らせた後、社長は百合香に淫らな写真をちらつかせて、独立を思い留《とど》まらせる気でいるのではないか」

「なるほど、そういうことですか。そうなら、早坂がライバル関係にある芸能プロの社長と会食してても不思議じゃありませんね」

「おおかた早坂は親会社で何か仕事上のミスをやらかして、節税目的で作られた子会社に飛ばされたんでしょう。『香月プロ』の森江社長はそんな早坂に目をつけて、岩佐との連絡係をやらせたんじゃないだろうか。『ドリームエンタープライゼス』の人間を使えば、正岡を脅迫してるのは親会社の『エコーミュージック』と思い込みやすいのでね」

「いわゆるミスリードってやつですね」

「亀さん、洒落たことを言うじゃないですか」

「若、からかわないでください。もんじゃ焼きの店をやってる女房《バシタ》が推理小説好きなんで、犯人が疑惑を逸《そ》らすために偽装工作することをミスリードっていうんだって、だいぶ前に教わっただけですよ」

「そうなのか。亀さん、早坂の家《ヤサ》を突きとめたら、また連絡を頼みます。岩佐がガードを固めてるようだから、早坂を先に痛めつけるつもりなんですよ」

「そのほうが早いかもしれませんね」

「連絡を待ってます」

最上は電話を切った。

## 4

エルグランドの尾灯が闇に紛《まぎ》れた。

最上は亀岡の車を見送ると、スカイラインを降りた。渋谷区恵比寿《えびす》三丁目である。午後十時半過ぎだった。

斜め前には、早坂洋が住んでいる三階建ての低層マンションがある。部屋は三〇五号室だった。

亀岡の報告によると、早坂は赤坂のチャイニーズ・レストランの前で森江と別れ、タクシーで帰宅したという。

最上は三〇五号室を見上げた。窓から電灯の光が淡く洩れている。最上は低層マンションに近寄り、静かに階段を上がりはじめた。エレベーターはなかった。

最上は三階に上がると、歩廊を透《す》かして見た。

無人だった。両手に布手袋を嵌《は》め、三〇五号室に近づいた。

玄関のスチール・ドアに耳を押し当てる。テレビの音声がかすかに響いてきた。

人の話し声は聞こえない。どうやら早坂は独り暮らしをしているようだ。

最上は周りをうかがってから、上着のポケットから万能鍵を抓《つま》み出した。だいぶ前に東京地検の証拠品保管室に忍び込み、常習の泥棒《ノビシ》が使っていた万能鍵をくすねたのである。耳掻き棒ほどの長さで、平たい金属板だ。先端部分に三つの溝がある。

中国人窃盗団が用いているピッキング道具とは違い、たったの一本でたいていの錠は解ける。時間も十秒程度しかかからない。

最上は万能鍵を鍵穴に挿《さ》し込み、右手首を小さく左右に振った。

ほんの数秒で、金属と金属が嚙み合った。

最上はほくそ笑みながら、手首を右に捻った。内錠が外れる。音は小さかった。最上は万能鍵を引き抜き、ノブをゆっくりと回した。室内で人の動く気配は伝わってこない。

最上はドアを細く開け、素早く部屋の中に身を滑り込ませた。ドアを閉め、シリンダー錠を掛ける。

奥からテレビの音声が聞こえてくる。

部屋の主は、トーク番組を観《み》ているようだ。間取りは１ＬＤＫだろう。

最上は土足のまま、奥に向かった。中央部にリビングがあり、その左手にダイニングキッチンがあった。寝室は居間の右側にあるようだ。

早坂はリビングの長椅子に寝そべり、テレビに目を向けていた。チャコールグレイのスエットの上下を身につけている。

最上は、居間の仕切りドアを乱暴に押し開けた。早坂が弾《はじ》かれたように上体を起こした。

「き、きさまは押し込み強盗だなっ」

「外れだ」

最上は長椅子に走り寄り、早坂の顔面に正拳《せいけん》を浴びせた。骨と肉が鈍く鳴った。

早坂は短く呻き、長椅子から転げ落ちた。最上は長椅子を回り込み、白っぽいアクセントラグの上に倒れ込んでいる早坂の前に立った。

そのとき、早坂がコーヒーテーブルの上の灰皿を摑んだ。クリスタルの灰皿で、吸殻《すいがら》が何本か入っていた。

最上は無言で足を飛ばした。

前蹴りは早坂の脇腹に入った。早坂の手から、灰皿が落ちた。クリスタルの灰皿は卓上で跳《は》ね、アクセントラグの上に転がった。吸殻と灰が飛び散る。

最上は早坂を引き起こし、頬を片手できつく挟みつけた。早坂が目を剝《む》き、苦しげな唸り声を発しはじめた。

最上は指先に力を込めた。

ほとんど同時に、早坂の顎の関節が外れた。早坂は涎《よだれ》を垂らしながら、のたうち回りはじめた。まるで散弾を浴びせられた獣のようだった。

最上は少し経ってから、早坂の上半身を摑み起こした。顎の関節を元通りにすると、すぐに早坂の利き腕を肩まで捩《ね》じ上げた。

「うーっ、痛い！　おれが何をしたって言うんだっ。いったい何の恨《うら》みがあるんだよ？」

「別に恨みはない。それに、こっちは金品が欲しいわけでもないんだ」

「それじゃ、なんでおれの部屋に押し入ったんだ!?」

「そっちに確かめたいことがあるんだ」

「何を確かめたいんだよ？」

早坂が震え声で問いかけてきた。

「赤坂のチャイニーズ・レストランで、『香月プロ』の森江社長とどんな密談をしてたんだ？」

「おたく、何者なの!?」

「返事をはぐらかすなっ」

最上は早坂の右腕を肩口近くまで捩じ上げた。早坂が痛みに呻いた。

「利き腕がブラブラになってもいいのか？」

「おれ、『エコーミュージック』の子会社の芸能プロで働いてるんだ。『ドリームエンタープライゼス』って会社なんだけど、税金対策のペーパーカンパニーみたいなとこで、これといった仕事は与えられてないんだよ。二年前まで親会社の『エコーミュージック』でディレクターをやってたんだけど、売れっ子作曲家を怒らせちゃったんだ。それで、おれは島流しにされたんだよ」

「やっぱり、そうだったか。で、あんたは腐って『エコーミュージック』とはライバル関係にある『香月プロ』に移る気になった。そうなんだな？」

「おたくがどうしてそんなことまで知ってるんだ⁉　もしかしたら、親会社に雇われてる労務コンサルタントか何か？　そうか、わかったぞ。おたくは社員たちの弱みを嗅《か》ぎ回ってるリストラ請負人《うけおいにん》なんだな。親会社は社員の数を減らしたがってるからね」

「よく喋る男だ。男は無口なほうが女に好かれるらしいぞ。それはそうと、どうなんだ？」

「おれは何も言わない。うっかり不用意に喋ったら、立場が悪くなるからな」

「それじゃ、代わりに言ってやろう。そっちは『香月プロ』に移りたくて、悪事の片棒を担ぐ気になった」

最上は言った。

「悪事の片棒だって⁉」

「そうだ。あんたが詐欺師の岩佐諭の成城の自宅に出入りしてることはわかってるんだよ。

岩佐は、中塚という写真週刊誌の元専属カメラマンから花水百合香のスキャンダル写真の画像データを買い取った。百合香は政治評論家の正岡友章と愛人関係にある。『香月プロ』の森江社長は所属女優の百合香が独立したがってることを察知して、なんとかそれを阻止しようと考えた」

「おたく、何者なんだ？」

「まだ話は終わってない。森江は岩佐に正岡の自宅に脅迫電話をかけさせ、スキャンダル写真のデータを一億円で買い取れと言わせた。そっちは、森江と岩佐の連絡係をやってたんだろ？」

「おれは森江社長に頼まれて、岩佐さんの自宅に写真のデータを取りに行っただけだよ。社長は花水百合香に独立されたら、商売にならなくなるんで、何がなんでもドル箱女優を自分の事務所に留めておきたいようなんだ」

「森江がそっちを使ったのは、『エコーミュージック』が花水百合香の引き抜きを画策して、スキャンダル写真で脅しをかけさせたと見せかけたかったからだな？」

「えっ、そうなのか!?　森江社長は、そんなことまで考えてたのか」

「森江は『エコーミュージック』の犯行と見せかけたかったから、わざわざあんたを連絡係にしたんだよ。つまり、あんたは森江に利用されたのさ」

「しかし、森江社長はおれを『香月プロ』に迎え入れてくれると約束してくれたんだぞ。だからおれは、花水百合香が独立できないよう協力したんだ」

「森江がそっちを約束通りに『香月プロ』に入れてくれると思ってるのか？」

「社長は約束を破ったりしないだろう」

早坂はそう言いながらも、なんとなく不安そうだった。

「甘ちゃんだな。芸能プロ関係者は海千山千《うみせんやません》が多い。それなのに、森江との口約束を信じ切るなんてさ。森江はあんたに利用価値がなくなったら、いずれ切るつもりなんだろう」

「そ、そんなことは……」

「考えられない？」

「ああ。でも、確かに森江社長は策士だから、ひょっとしたら、おれは騙《だま》されてるのかもしれないな」

「それを自分で確かめてみろよ」

「えっ、それ、どういう意味なんだ？」

「おれと一緒に森江のところに行こうじゃないか。森江はそっちと別れた後、まっすぐ自宅に向かったのか？」

「森江社長は一年以上も前から奥さんとは別居してるんだ」

「愛人がいるんだな？」

「うん、まあ。所属タレントとしんねこになって、西麻布《にしあざぶ》のマンションで彼女と同棲してるんだ」

「その女の名は？」

「本名は知らないけど、テレビタレント時代は真崎翔子《まさきしょうこ》という芸名を使ってた。クイズ番組のアシスタントなんかをやってたんだけど、もうひとつパッとしなくてね。もう二十八、九歳だから、年齢的にも限界なんで、森江社長の世話になる気になったんだろうな」

「西麻布のマンションに行ったことは？」

「一度だけあるよ。マンションの場所を教えるから、おたく独りで行ってくれ。おれ、森江社長に詰め寄るようなことはできない」

「おれと一緒に行かないと、そっちの右腕を折ることになるぞ」

最上は脅した。

早坂はたちまち竦《すく》み上がった。

最上は早坂を部屋から連れ出し、スカイラインの助手席に乗せた。両手の親指を重ねさせ、針金できつく縛った。それだけで、両腕の自由が利かなくなる。

最上は車を発進させた。

西麻布までは、ひとっ走りだった。最上は早坂に道案内をさせながら、スカイラインを進めた。

森江が元テレビタレントの愛人と暮らしているマンションは、西麻布三丁目にあった。笄《こうがい》小学校の並びに建っていた。八階建てのモダンな造りのマンションだ。

最上はマンションの横にスカイラインを停めた。

「おれ、逃げないよ。だから、この針金を外してくれないか」

「いや、外せない」

「厄日《やくび》だな」

早坂がぼやいた。

最上は先に車を降り、助手席から早坂を引きずり下ろした。すぐに片腕を摑み、アプローチを歩かせる。マンションの表玄関はオートロック・システムにはなっていなかった。最上たちは勝手にエントランスロビーに入った。

「森江社長が彼女と同棲してるのは、四〇一号室だよ」

「そうか」

最上は先に早坂を函《ケージ》に押し入れ、四階のボタンを押した。

じきに四階に着いた。ホールに降りると、最上は早坂に小声で言った。

「そっちはおとなしくしてろ。森江に何か教えたりしたら歩廊から投げ落とすからな」

「余計なことは言わないよ」

早坂が弱々しい声で答えた。

四〇一号室はエレベーターホールのそばにあった。最上は布手袋を両手に嵌《は》め、万能鍵で手早くロックを解除した。玄関ドアを開けると、女のなまめかしい声が聞こえた。どうやら『香月プロ』の社長は、愛人と情事に耽《ふけ》っているようだ。

最上は早坂を楯《たて》にして、部屋の中に入った。

玄関ホールは割に広い。中廊下の向こうに、居間がある。電灯は点いているが、リビングには人影はなかった。

最上は早坂の背を押した。

二人は靴を履《は》いたまま、奥に進んだ。居間を挟んで、二つの居室がある。

右手にある寝室のドアは大きく開け放たれている。ダブルベッドが見えるが、誰もいない。

和室の襖《ふすま》は閉ざされていた。淫蕩《いんとう》な声は和室から洩れてくる。

最上は早坂の前に出て、襖を十センチほど静かに開けた。敷蒲団の上に、全裸の女が横たわっている。黒い紐《ひも》で亀甲《きっこう》縛りに括《くく》られていた。両手は後ろ手に黒紐で結ばれ、折り曲げられた膝も固定されている。

「彼女が真崎翔子だよ」

背後で早坂が小声で言い、生唾を呑み下した。

奇妙な姿で転がされた裸の女のかたわらには、口髭をたくわえた五十絡みの男が坐り込んでいる。トランクスだけしか身につけていない。

男は孔雀《くじゃく》の羽の穂先で、女の乳首を撫でていた。枕許に置かれた箱の中には、鞭《むち》、鮫皮《さめがわ》、竹べらなどが入っていた。どれもSMプレイの小道具だ。

「口髭の男が森江だな？」

最上は早坂に顔を向けた。早坂が黙ってうなずいた。

すぐに最上は襖を荒っぽく横に払った。

森江がぎくりとして、孔雀の羽を取り落とした。羽は女の胸の上に落ちた。女が瞼《まぶた》を開け、驚きの声をあげた。

最上は上着のポケットからデジタルカメラを摑み出し、たてつづけに三度シャッターを押した。

「早坂君、その男は誰なんだ⁉」

森江が手で顔を隠しながら、大声を張り上げた。

「何者なのか、わたしにもわかりません。この男はわたしの部屋に押し入ってきたんですよ。

わたし、脅されて仕方なく、ここまで案内してしまったんです。社長に何か確かめたいことがあるみたいですよ」

「何がどうなってるんだ？　わけがわからんな」

「それは、わたしも同じです」

早坂が苦笑した。

最上は早坂に胡坐《あぐら》をかかせると、八畳の和室に足を踏み入れた。壁際に桐《きり》の和箪笥《わだんす》が並び、障子窓の横に姫鏡台《ひめきようだい》が置いてある。

「『香月プロ』の森江社長だな？」

「そうだ。あんた、誰？」

「SMプレイのパートナーを務めてるのは、元テレビタレントの真崎翔子だな？」

「ああ。どうやって、この部屋に入ったんだっ」

「こっちは万能鍵を持ってるんだよ。あんたは真性のサディストらしいな。さっき撮った画像に、あんたの顔と責め具が写ってるはずだ」

「なめたことをしやがって」

森江が鞭を摑んで、勢いよく立ち上がった。

最上は踏み込んで、森江に体当たりした。森江がよろけて、尻餅をついた。

最上は鞭を奪い取り、森江の肩を四、五回撲《う》った。

「やめろ、やめてくれーっ。痛いのは苦手なんだ」

森江が悲鳴混じりに言い、体を丸めた。

「鞭を使うんだったら、わたしをぶって。わたしはMだから、いじめられると、とっても感じちゃうの」

「きみは黙っててくれ」

最上は翔子に言い、森江の腰を蹴った。森江が畳の上に倒れた。

「あんた、岩佐諭と親しいな？」

「岩佐さんはゴルフ仲間なんだ。それほど親しいってわけじゃないよ」

「あんたは岩佐に頼んで、中塚というカメラマンから花水百合香と正岡友章のスキャンダルの画像データを手に入れてもらったな。買い取り価格は二百万円だった」

「…………」

「岩佐は第三者を使って、正岡の自宅に脅迫電話をかけさせた。そして、スキャンダル写真のデータを一億円で買い取れと脅迫させた。あんたが岩佐に知恵を授《さず》けたのか？」

「わたしは知らない。岩佐さんは、そんなことをしてたのか!?」

「とぼける気かっ」

最上は鞭を鳴らし、森江の頭や肩を十数回ぶっ叩いた。

「嘘じゃない。わたしは、ほんとに知らなかったんだ。わたしは彼に、花水百合香の弱みを何か押さえてくれと頼んだだけだよ。そうしたら、岩佐さんは中塚とかいうパパラッチに接触して、百合香のスキャンダル写真のデータを手に入れてくれたんだ。わたしは謝礼に三百万円渡したが、岩佐さんとつるんでなんかない。もちろん、正岡から一億円の口止め料を脅し取る気もない。わたしは独立したがってる百合香を『香月プロ』に繋《つな》ぎ留めておきたかっただけなんだ。それで、岩佐さんに百合香の弱みを摑んでくれと……」

「あんたは、ライバルの『エコーミュージック』の犯行に見せかけたかったんで、そこにいる早坂を抱き込んだんだな？」

「それは認めるよ。早坂君に頼んで、『エコーミュージック』が花水百合香を強引なやり方で引き抜きたがってるという噂を業界に流してもらったんだ。そうしておけば、百合香はスキャンダル写真のデータを手に入れたのは『エコーミュージック』にちがいないと思うはずだと考えたんだよ」

「あんたは『エコーミュージック』と話をつけてやると花水百合香に恩を売って、独立を思い留まらせようとしたんだ？」

「その通りだよ。早坂君は、いずれ『香月プロ』に迎え入れるつもりだったんだ」

森江が言った。

「岩佐がダーティー・ビジネスをやってることは、あんた、知ってるよな？　裏口入学詐欺を働いたり、『リフレッシュ・カレッジ』でリストラ退職者たちを喰いものにしてる」

「薄々気づいてたが、わたしはどっちにも関与してない。さっきも言ったが、岩佐さんとは個人的なつき合いはしてないんだ。だから、彼が正岡から一億円を脅し取ろうとしてることもまったく知らなかった。頼むから、わたしを信じてくれ」

「いいだろう。ただし、あんたに一つだけ注文がある」

「注文？」

「そうだ。花水百合香が独立したがってるんだったら、気持ちよく自分の事務所を持たせてやれ」

「百合香がいなくなったら、うちの会社は潰れてしまうよ。それだけはできないな」

「それじゃ、例の画像データを手に入れさせたのは、あんただって花水百合香に教えてやるか。それから、さっき撮ったデジタルカメラの画像データをゴシップ雑誌の編集長に観せてやろう」

「わかった。百合香の独立は認めてやるよ」

「早坂を交《まじ》えて３Ｐプレイでもやるんだな」

最上は言い捨て、森江の愛人宅を出た。

マンションの外に出たとき、菅沼から電話がかかってきた。小日向あかりの自宅を突きとめたという。住所は杉並区天沼《あまぬま》二丁目だった。一戸建てらしい。

最上は礼を言って、電話を切った。スマートフォンを懐に戻して、スカイラインに歩み寄る。

# 第三章　極東マフィアの影

## 1

夜明け前だった。

最上は静かにスカイラインを降り、小日向あかりの自宅に近づいた。鉄筋コンクリート造りの二階家だった。住所は杉並区天沼二丁目だ。敷地は六十数坪だろうか。

角地だった。ガレージには、赤いポルシェが納められている。

門灯のほかには、照明は灯っていない。岩佐がいなかったら、美人演歌歌手を人質に取るつもりだ。

最上は布手袋を嵌《は》め、ガレージの横の石塀をよじ登った。

庭は狭かった。最上は建物の裏側に回り込んだ。台所のごみ出し口に歩み寄り、上着の胸ポケットから万能鍵を取り出す。

最上は万能鍵を鍵穴に挿《さ》し込んだ。

そのとたん、警報アラームがけたたましく鳴り響いた。最上は万能鍵を引き抜き、暗がりに身を潜《ひそ》めた。

息を殺していると、台所のドアが押し開けられた。懐中電灯を手にした六十年配の女性がこわごわ外を覗いた。パジャマの上に、薄手のカーディガンを羽織っている。

「誰かいるの？」

女が震え声で問いかけた。

そのすぐ後、小日向あかりが姿を見せた。白いネグリジェの上に、真珠色のシルクガウンを重ねている。

「カヨさん、何者かが敷地に入ってきたの？」

「いいえ、誰もいないようです。もっとも、怕《こわ》かったんで庭には出ませんでしたけどね」

「出ないほうがいいわ」

「防犯装置の誤作動なのでしょうか？」

「そうなのかもしれないわね。警備会社の人が駆けつけてくるはずだから、それまで家の中にいましょうよ」

「そうしましょうか」

お手伝いと思われる女性が台所のドアを閉め、内錠を掛けた。

どうやら岩佐は、愛人宅にはいないようだ。いたら、すぐに姿を見せただろう。

警備会社の者に見つかったら、厄介《やっかい》なことになる。ひとまず退散することにした。

最上は抜き足で建物に沿って歩き、石塀を乗り越えた。

スカイラインに駆け寄ると、暗がりから見覚えのある大男がぬっと現われた。先日、ドーベルマンを連れ歩いていた男だ。間違いない。

「岩佐の番犬か」

最上は身構えた。

大男が腰の後ろから、筒状の物を取り出した。よく見ると、先端からレコード針が覗いている。

「こいつは無音空気発射式のダーツガンなんだ。針には、動物の運動神経を麻痺《まひ》させる樹液を塗りつけてある。ダーツを浴びせられたくなかったら、岩佐さんの周辺をうろつかねえことだな」

「岩佐が小日向あかりの家にいるかもしれないと思ったんだが、外れだったようだ」

「てめえ、まさか岩佐さんの彼女におかしなことをしたんじゃねえだろうなっ」

「あかりとお手伝いさんはロープで縛ってある」

最上は、作り話を喋った。

「嘘つくんじゃねえ。おれは、てめえがあかりさん宅に忍び入るとこから出てくるとこまでを見てるんだ。てめえは警報アラームにびっくりして、家の中にゃ入ってねえ」

「そう思いたきゃ、そう思え。美人演歌歌手は怯《おび》えて震えてるだろう」

「てめえ、まだフカシこく気か」

大男がダーツガンを突き出した。

最上は前に踏み出すと見せかけ、身を翻《ひるがえ》した。逃げる気になったわけではない。大男を脇道に誘い込む気になったのだ。あかりの自宅近くにいつまでもいたら、警備会社の者に怪しまれる恐れがあった。

「この野郎、待ちやがれ！」

レスラーもどきの大男が追ってきた。

最上は大男を裏通りに誘い込むと、すぐ向き直った。対峙《たいじ》した大男は息を弾ませていた。

「もう少し運動しないと、若死にするぞ」

「ふざけやがって。てめえは岩佐さんの何を嗅ぎ回ってるんでえ？」

「その質問には答えられないな」

最上は応じて、フェイントをかけた。

大男がダーツを発射させる。最上は横に跳《と》んだ。放たれたレコード針は、後方に飛んでいった。

「ダーツは一矢だけじゃねえんだ。安心するのは、まだ早いぜ」

大男が手許に目をやった。

反撃のチャンスだ。最上は助走をつけて、高く跳躍した。宙で両脚を交互に屈伸させ、連続蹴りを見舞う。蹴りは相手の顔面と胸部に極《き》まった。大男は体をくの字に折りながら、路上に仰向けに引っくり返った。

最上は着地するなり、大男に駆け寄った。大男が倒れたまま、ダーツガンの引き金を絞る。レコード針は、最上の左肩の上を掠《かす》めた。

「くそったれ」

大男がダーツガンを投げ捨て、半身を起こした。

最上は中段回し蹴りを放った。大男が横倒しに転がる。最上は大男を蹴りまくった。

加減はしなかった。場所も選ばなかった。大男は鼻血を垂らしはじめた。唇も切れていた。

最上は大男のこめかみを靴の底で強く踏みつけた。

「どこに足《ゲソ》つけてんだ？」

「もう組員じゃねえ。渋谷の天童組《てんどう》にいたんだが、内職がバレちまって破門されたんだよ」

「どんな内職をやってたんだ？」

「組の覚醒剤《シャブ》を少しずつ盗《ギ》って、不良イラン人グループの残党に捌《さば》かせてたんだ」

「小指《エンコ》は飛ばしてないようだな」

「組長《オヤジ》に三百万円の詫び料を渡したんだ」

「その金は、岩佐が出したんだなっ」

「うん、まあ」

「岩佐とは、長いつき合いなのか？」

「一年ちょっとのつき合いだよ。渋谷のクラブでよく顔を合わせてたんで、自然に親しくなったんだ」

「おまえの名前は？」

「忘れちまったよ」

大男が鼻先で笑った。

最上は大男のこめかみに載せた右足に全体重を掛けた。大男が唸って、手脚を縮める。

「まだ自分の名を思い出せないか。え？」

「大串だよ」

「そっちが政治評論家の正岡に脅迫電話をかけたのか？」

「おれは、岩佐さんに頼まれたことをやっただけだ。あの人には借りがあるんだよ」

「岩佐は、正岡から一億円の口止め料を本気でせしめる気でいるのか？　それとも、『香月プロ』の森江の偽装工作に一役買っただけなのかっ。あるいは正岡の兄貴の脳外科医を裏口入学の〝窓口〟にする気でいるのかもしれないな」

「わからねえよ。おれは恩返しに岩佐さんのボディーガードをやってるだけだ。岩佐さんが何を考えてるのかは、おれ、本当に知らねえんだよ。ただ、あの人は金には不自由してねえみたいだぜ。奥さんも何か事業をやってるようだからさ」

「どんな事業をやってるんだ？」

最上は訊いた。

「そこまでは知らねえよ」

「奴が民間職業訓練所の『リフレッシュ・カレッジ』の経営者だってことは知ってるな？」

「ああ、それはな」

「そっちが岩佐に頼まれて、ダミー所長の長谷部を西新宿総合病院で殺《や》ったんじゃないのか？」

「おれは誰も殺《や》っちゃいねえ。殺人《コロシ》は割に合わねえからな。たとえ岩佐さんに頼まれたって、はっきり断らあ」

「まさか岩佐自身が長谷部を始末したとは思えない。奴に頼まれて、長谷部殺しを引き受けた人物に思い当たるんじゃないのか？」

「思い当たる奴はいねえな。岩佐さんは顔が広いんだ。やくざ者ともつき合いがあるし、ロシア人にも知り合いがいる」

「ロシア人？」

「ああ。岩佐さんとこで、金髪のロシア人の男を見かけたことがあるよ。四十歳前後で礼儀正しいんだが、まともな貿易商じゃねえと思う。目つきが違うんだ、堅気の人間とはな」

「マフィアの一員かもしれないってことか？」

「うん、多分な」

「そいつの名は？」

「岩佐さんは、イワノフって呼んでたよ」

「イワノフって奴は、どこに住んでる？」

「そこまでは知らねえよ。おれ、ロシア人は嫌いなんだ。奴らは北方四島をなかなか日本に返そうとしねえからな」

大串が言って、最上の右足を払いのけた。

最上は怒らなかった。そろそろ靴をどけようと思っていたからだ。大串がブルゾンのポケットから格子柄のハンカチを抓《つま》み出し、鼻血を拭った。

「岩佐は、いつも同じ曜日に小日向あかりの自宅を訪ねてるのか？」

「別に曜日は決まってねえみたいだな。あかりさんと連絡をとり合って、月に二、三度会ってるようだな」

「そのとき、おまえがガードを務めてるのか？」

「岩佐さんは、いつもひとりで彼女に会いに行ってるよ」

「そうか。岩佐のようなおっさんがよく美人演歌歌手を愛人にできたな」

「タイミングがよかったんだろう」

「それ、どういう意味なんだ？」

「あかりさんの前のパトロンは製紙会社の二代目社長だったらしいんだが、会社が潰れちまったんだ。そんなことで、手切れ金もろくに貰えなくて、住宅ローンの払いも滞《とどこお》らせてたらしい」

「それで、岩佐が金の力で小日向あかりを……」

「岩佐さんは彼女のCDを何万枚もまとめ買いして、毎月、高《たけ》え着物をプレゼントしたみたいだぜ。だから、あかりさんは岩佐さんを新しいパトロンに選んだんだろうよ」

「真っ当な金を惚《ほ》れた女に貢《みつ》ぐんなら、別に問題はない。しかし、岩佐は詐欺まがいのことをして、荒稼ぎしてたんだ。多くの人たちが被害に遭って、中には不幸な死に方をした者もいる。岩佐は金の亡者《もうじゃ》だ。そんな奴は赦《ゆる》すことができないっ」

「おたくの身内に被害者がいるんだな？」

「そうじゃないが、おれは岩佐を裁《さば》く。いま、奴は成城の自宅にいるんだな？」

「ああ」

「それじゃ、岩佐を小日向あかりの家に誘《おび》き出そう」

「えっ、どういうことなんでえ？」

「岩佐に電話して、あかりを人質に取られたと言うんだ」

「そんなことできるかっ」

「もっと痛い思いをしたいらしいな」

最上は大串の喉笛のあたりを蹴りつけた。大串が前屈みになった。最上は右脚を高く浮かせ、大串の背中に強烈な踵《かかと》落としを浴びせた。

大串が路面に這いつくばった。無様《ぶざま》な恰好だった。

「スマホを早く出せ！」

「岩佐さんを裏切るわけにはいかねえ」

「なら、おれを倒すんだな」

最上は言って大串の腹を蹴りまくった。大串が転げ回り、ぐったりとなった。

そのとき、表通りの方から大股で歩いてくる男が最上の視界に入った。あろうことか、綿引刑事だった。最上は焦《あせ》った。しかし、もはや逃げられない。どう切り抜けるべきか。

「どうされたんです？」

綿引が立ち止まるなり、最上に話しかけてきた。

「擦《す》れ違ったとき、この大男に因縁《いんねん》をつけられたんですよ。ガンを飛ばしたとか何とか言って、いきなり殴りかかってきたんです。それで、仕方なく路上でファイトをすることになったんですよ」

「そうでしたか」

「おい、そうだよな？」

最上は大串に同意を求めた。大串は困惑顔で、最上と綿引の顔を等分に見た。

「わたしは警視庁の者だ」

綿引がそう言い、大串のそばに屈み込んだ。

「刑事だって？」

「そう。ずいぶん派手にぶっ飛ばされたな。大丈夫か？」

「どうってことねえよ」

大串が虚勢を張って、のろのろと立ち上がった。

「あんた、素っ堅気じゃなさそうだな。だったら、喧嘩相手をちゃんと選べよ。あんたとやり合ったのは、東京地検の検事殿なんだ」

「ほんとかよ!?」

「ああ。どうする？　パトカーに来てもらうか？」

「ちょっとした喧嘩だったんだ。大事にしないでくれねえか」

「なら、引き取るんだな」

綿引が言った。

大串がうなずき、急ぎ足で歩きだした。最上は大男を逃がしたくなかったが、何も言えなかった。

大串の姿が遠ざかると、綿引が最上の顔を見据えた。

「小日向あかりの自宅を張り込んでらっしゃったんでしょ？」

「綿引《ワタ》さん、何を言ってるんです!?　小日向あかりって、美人演歌歌手の……」

「ええ、そうです」

「なんで、こっちが小日向あかりの家を張り込まなきゃならないんです？」

「それは、あかりが『リフレッシュ・カレッジ』の経営者の愛人だからですよ。最上検事殿は、岩佐諭が小日向あかりの家にいると睨んだんでしょ？」

「違いますよ。この近くに、学生時代の友人の家があるんです。そいつのとこで午前四時過ぎまで話し込んでたんですよ。帰る途中で小便したくなったんで、表通りに車を駐《と》めて、この脇道に入ったんです。用を足して車に戻ろうとしたら、さっきの奴が因縁をつけてきたんだ」

最上は、とっさに思いついた嘘を澱《よど》みなく喋《しゃべ》った。

「そうなんですか。あなたと揉めた大柄な男は、成城の岩佐邸で庭掃除をしてました。あの男が岩佐の愛人宅の近くにいたのは、単なる偶然なんですかね」

「綿引さん、何が言いたいんです？」

「わたしは、岩佐がさっきの男に愛人宅の様子をうかがってこいと命じたんではないかと推測したんですよ」

「なぜ、岩佐という男はそんなことをさせる必要があったんです？」

「それは、検事殿が小日向あかりの家の近くで張り込んでるかもしれないと考えたからなんでしょう」

「やっぱり、綿引さんは何か勘違いしてるな」

「そうでしょうか」

綿引が眉間に皺《しわ》を寄せ、探るような眼差しを向けてきた。

「こっちのことより、綿引さんこそ、こんな時刻に職務ですか」

「ええ、まあ」

「まさか、このおれをずっと尾行してたわけじゃないでしょうね？」

「最上検事殿は、刑事のわたしに尾《つ》けられるようなことをなさってるのかな」

「いや、別に後ろめたいことはしてませんよ」

最上は笑顔を作った。しかし、自分でも不自然な笑みだと感じた。

「まだ職務がありますので、これで失礼します」

綿引が一礼し、踵《きびす》を返した。

最上は、ひとまず胸を撫で下ろした。

2

音声が聞こえはじめた。

最上は耳に神経を集めた。柿の木坂の正岡邸の近くに駐《と》めたスカイラインの中だ。少し前に正岡邸の隣家の生垣の根方に隠しておいた自動録音装置付き受信機を回収し、再生したのである。

天沼からここに回ってきたわけだ。東の空は朝焼けに染まっていた。

受信機から、若い女性同士の会話が響いてきた。正岡の娘が学友と話題の洋画について語り合っている。

最上は早送りした。すると、今度は正岡と聞き覚えのない男の会話が洩れてきた。

——どなたですか？

——事情があって、名乗れないんですよ。

——脅迫電話をかけてきた大串という男の仲間だなっ。

——ま、そんなとこです。ところで、正岡先生、金の都合はつきそうですか？

——なんとか工面する。

——それは結構な話です。

——例のデータは、一億円と引き換えに渡してもらえるんだな？

——いまさらこんなことを言うのはなんなんですが、先生、金額を倍額にしてもらえませんか？

——二億円にしてくれってことなのか⁉

――ええ、そうです。

――汚いじゃないかっ。

――よくよく考えてみたら、あのデータにはそれだけの価値があるんですよね。

――二億なんて大金は、とても調達できない。

――先生だけのお力では、確かに難しいかもしれませんね。しかし、花水百合香はリッチなはずです。

――彼女に迷惑はかけられない。

――先生、もう少し冷静になったほうがいいんじゃありませんか？　ここで短気を起こしたら、あなたと百合香の人生は暗転することになりますよ。

――なんてことなんだ。

――百合香は先生に惚れてるんでしょ？　だったら、先生に協力すると思いますがね。

――額が大きすぎる。

――そう言わずに、二人で二億円を用意してくれませんか。売り値を倍額にしたんで、あと十日待ちましょう。

――十日じゃ、とても無理だ。せめて二週間だけ待ってくれないか。頼む！

――いいでしょう。その代わり、正岡先生にもう一つお願いがあります。

――まさか自宅を売却しろというんじゃないだろうな。

――そんな惨《むご》い要求はしません。あなたの実のお兄さんは東都医大の脳外科部長で、教授ですよね？

――兄には関係のないことでしょうが！

――そうですがね。しかし、弟さんの下半身スキャンダルが表沙汰になったら、お兄さんの立場も悪くなるでしょう？

――卑劣すぎる！

――正岡先生も、ある意味では卑劣でしょ？

――わたしのどこが卑劣なんだっ。

――あなたは良き夫を演じながら、裏では人気女優と不倫をしてる。つまり、奥さんを裏切ってるわけだ。

――心の中では妻に済まないと思ってるよ。

――ま、そのことはいいでしょう。話を戻しますが、たいていの私学は教授が最低三人の受験生を推薦入学させられますよね？　わたし、子弟を東都医大に入れたがってるドクターをたくさん知ってるんですよ。

――あんたは、わたしの兄に裏口入学の片棒を担《かつ》がせて、ひと儲けしようと企《たくら》んでるんだなっ。

——いいえ、そうではありません。金儲けが目的ではないんです。わたしは人助けがしたいんですよ。

——きれいごとを言うな！

——正岡先生、あなたからお兄さんに協力するよう言ってもらえますね？

——断る。兄は真面目だから、そういう不正は大嫌いなんだ。

——それでは、わたしがスキャンダルの証拠を持って、直接、あなたのお兄さんのところに相談に行きましょう。

——待て、待ってくれ。兄には、わたしから打診してみるよ。

——そうしていただけると、ありがたいですな。できれば、毎年、五人の受験生を入れてもらいたいね。

——五人なんて、とうてい無理だ。

——無理かどうかは、わたしが後日お兄さんと交渉しますよ。とりあえず、先生はお兄さんに前振りをしておいてください。

——どうなるかわからないが、一応、兄には電話してみよう。

——よろしく！　それでは、また連絡します。

音声が途絶《とだ》えた。

正岡を脅しているのは、岩佐自身のようだ。やはり、詐欺師は裏口入学の斡旋を個人的につづける気だったのか。それにしても、データの売り値を二億円にするとは欲が深すぎる。最上は呆《あき》れた。

少し経つと、今度は正岡兄弟の遣り取りが流れてきた。

――友章が電話してくるとは珍しいな。おまえは子供のころからライバル意識を燃やして、おれとは微妙な距離をとってきたからな。

――そんなことないって。

――いや、そうだよ。おまえは医大に入れなかったことがコンプレックスになってるんだろうが、浪人して西北《せいほく》大の政経学部に入ったのは正解だったよ。もし医者になってたら、メディアには登場できなかっただろう。新聞社に入って、よかったじゃないか。いまや著名な政治評論家なんだな。おれも、なんとなく鼻が高いよ。

――やめてくれよ、兄貴。医者になったことを悔やんでるように聞こえるな。

――はっきり言って、後悔してるよ。おれは親父に言われるままに医者になったんだが、本当は宇宙物理学者になりたかったんだ。

――なればよかったじゃないか。

——おまえは次男坊だから、そんなふうに気楽に言うが、長男のおれは自分のことだけを考えるわけにはいかないんだ。現にあと数年先には金沢に戻って、親父の病院を継がなきゃならない。

——郷里に戻りたくないの？

——戻りたくないというよりも、おれの生活の基盤はもう東京にあるからな。金沢にいたのは十八歳までで、後はずっと東京暮らしをしてきた。正直なところ、もう地方には住みたくないね。

——金沢に戻るときは、単身赴任って形になるのかい？

——そうなりそうだな。妻だけでなく、息子たちも金沢に引っ越すのは厭《いや》がってるんだ。

——ひとりのほうが気軽じゃないか。ついでに、少し羽を伸ばすといいよ。

——じっくり考えてみるよ。ところで、何か相談があったんだろう？

——うん、まあ。しかし、また今度にするよ。

——他人行儀な奴だな。おれは、おまえの兄貴なんだぞ。できるだけのことはするよ。とにかく、言ってみろ。

——実は。おれの知り合いが息子を東都医大に入れたがってるんだよ。兄さんは教授なんだから、二、三人は入れられるんだろう？

――ある程度の成績を修めてる子じゃないと、引っ張り上げられないな。後で、おれが恥をかかされるからね。友章、知り合いの倅《せがれ》は出来が悪いのか？

――ああ、多分ね。

――それじゃ、難しいな。悪いが、うまく断ってくれ。

――それが断れない相手なんだ。

――国会議員あたりに相談されたのか？

――そうじゃないんだ。あまり性質《たち》のよくない相手なんだよ。

――おまえ、裏社会の有力者に何か弱みを握られたのか⁉

――実はね、正体不明の男に女性関係の弱みを押さえられてしまったんだよ。

――ばかな奴だ。浮気相手は玄人《くろうと》の女なのか？

――それは勘弁してくれないか。とにかく、そんなわけで、裏口入学をさせろって脅されてるんだよ。兄貴、なんとか救《たす》けてもらえないか。

――まずいことになったな。

――な、どうだろう？

――ひとりぐらいなら、なんとか潜り込ませてやろう。

――先方は、五人ぐらい裏口入学させろって言ってきたんだ。

――五人もだって⁉　そんなにたくさんは合格させられない。おい、脅迫者は裏口入学のブローカーなんじゃないのか？

――もしかしたら、そうなのかもしれないな。

――そんな怪しげな奴と関わりを持つのは御免《ごめん》だね。おれが破滅させられるからな。

――兄貴、そう言わずに何とか力になってくれよ。

――駄目だ。弟の頼みでも、そこまではやれない。友章、おれは何も聞かなかったことにしてくれ。

――そ、そんな！

――弁護士に相談してみろ。スキャンダルが表沙汰になってもいいんだったら、警察に行け。そうだ、そのほうがいいだろう。

――そんなことをしたら、おれの人生はおしまいだよ。

――甘ったれるな。身から出た錆《さび》じゃないか。

――おれのスキャンダルが明るみになったら、兄貴にも悪い影響が及ぶことに……。

――友章、お、おまえ、おれを脅してるのか⁉

――そうじゃない、そうじゃないよ。相手の男がそう言ったんだ。

――別におまえは人殺しをしたわけじゃないんだ。兄弟に大きな害が及ぶはずがない。おれはおまえの女性問題が週刊誌に書きたてられても、大きなダメージは受けないさ。とにかく、自分の不始末は自分で片をつけてくれ。それじゃ！


正岡の兄が電話を先に切った。

通話は途切れたが、最上は音声を止めなかった。

少しすると、正岡は愛人の百合香に電話をかけた。早口で犯人側の要求について触《ふ》れ、実兄の協力を得られなかったことも告げた。

——スキャンダル画像を二億で買い取れだなんて、こっちの足許を見てるのよ。そのうち、今度は三億円出せなんて言ってくるかもしれないわ。

——百合香、どうすればいいと思う？

——ここまで追いつめられたら、反撃に打って出るほかないでしょ。

——しかし、相手はまともな人間じゃないんだ。われわれ二人に何ができる？

——毒は毒を以《もっ》て、制するのよ。

——犯人を殺し屋か誰かに始末させようってことだな？

——殺さないまでも、半殺しにしてもらう必要はありそうね。先生も知ってるでしょうけど、昔から芸能界と暴力団は裏で繋がってるの。だから、その気になれば、荒っぽいことを引き受けてくれる人間はたやすく見つかると思うわ。だから、先生は二億円用意できたと敵を騙《だま》して、どこかに誘《おび》き出してほしいの。

――そのとき、正体不明の脅迫者をやくざたちに徹底的に痛めつけさせるという段取りか。

――ええ、そう。そうすれば、相手はビビるはずよ。多分、謝礼は百万円程度で済むんじゃないかな。

――しかし、やくざに弱みを握られることになる。百万程度で済むどころか、際限なく無心されそうだな。

――それでも、せいぜい一千万円か二千万円せびられるだけだと思うわ。二億円をまともに払うより、ずっと安上がりでしょ？

――それはそうだが。

――先生、わたし、荒っぽい男たちを事務所の社長に探すよう頼んでみるわ。

――そんな借りを作ったら、きみは独立しにくくなるんじゃないのか？

――それがね、なぜだか社長は急に独立の邪魔はしないなんて言い出したの。

――それは、どういうことなんだろう？

――わたしのギャラ収入で長いこと稼がせてもらったんで、そろそろ解放してやってもいいと思ったんじゃない？

――いや、そうじゃないだろう。きっと誰かが森江社長に何らかの圧力をかけて、きみを独立させてやれと言ったにちがいない。

――そうなのかしら？　どちらにしても、わたしには悪い話じゃないわ。

――それはそうだが……。

――仕置人たちが見つかったら、すぐ先生に連絡するわ。


百合香が通話を切り上げた。

正岡が受話器をフックに戻す音が小さく響いた。

最上はそっと車から出た。もう手がかりは得られないだろう。最上は無駄を承知で、自動録音装置付き受信機を正岡邸の隣家の生垣の中に隠し、すぐさまスカイラインの中に戻った。

正岡たち二人が筋者《すじもの》に岩佐を半殺しにさせる前に、詐欺師から金を毟《むし》り取りたい。最上は懐からスマートフォンを取り出し、玲奈に連絡した。

ややあって、玲奈の寝ぼけ声が最上の耳に届いた。

「こんな早い時間に悪いな。まだベッドの中にいたんだろ？」

「うん、僚さんの夢を見てたの」

「本当に？」

「ええ、もちろん。夢の中で、あなたは賭場で壺《つぼ》を振ってたわ。わたしは赤ん坊をあやしながら、テラ銭の山を眺めてた。わたしたち、結婚して、深見組の復興に力を合わせて頑張ってたの」

「困った夢を見たもんだ。いずれ深見組は解散することになってる」

「そのことは、ちゃんと憶《おぼ》えてるわ。でも、わたしの潜在意識の中に深見組を解散させるのは惜《お》しいという思いがあるのかもしれないわね。もしかしたら、時代遅れな博奕打ちにある種のロマンを感じてるのかな」

「もう博徒が喰える時代じゃない。死んだ二代目はいつも師走《しわす》になると、子分たちに配る餅《もち》代《だい》の工面に頭を抱えてた。テラ銭は年に二千万円そこそこしか入ってなかったんだよ。亀さんたち二十七人の組員は現実には奥さんや恋人に食べさせてもらってる状態なんだ」

「そうなの」

「男稼業とか粋《いき》とか言ってても、女に喰わせてもらってるようじゃ、ちっともカッコよくない。時代はすっかり変わったんだ。深見組を解散させる潮時《しおどき》なんだよ」

「少しもったいない気もするけど、時代の波には抗《あらが》いようがないわね」

玲奈がしんみりと言った。

「仕方ないさ。それより、きょうも忙しいのか？」

「ううん、きょうはそれほど忙しくないわ」

「だったら、こっちと一緒に岩佐の自宅に税務調査をしに行ってくれないか。いつものように、おれも査察官を装うよ」

「岩佐の家に押しかけて、悪質な詐欺師を締め上げる気なのね」

「ああ。何時ごろだったら、職場から抜けられる？」

「午後三時過ぎだったら、いつでも出られるわ」

「それじゃ、三時ごろ、築地の職場に迎えに行くよ」

最上は電話を切るとスカイラインを自宅マンションに向けた。正午まで仮眠をとるつもりだった。

3

広い応接間に通された。

頭上のシャンデリアは豪華だった。国産品ではなさそうだ。岩佐の自宅である。

東京国税局の査察官を装った最上は、玲奈と並んで腰かけた。

ソファセットも安物ではない。玲奈の正面に、岩佐の妻が坐った。房子《ふさこ》という名で、五十

四、五歳だった。指輪を三つも光らせている。狸《たぬき》を連想させる顔立ちだった。
「予《あらかじ》めお電話をいただければ、岩佐も外出は控えたでしょうけどね」

「ご主人の出先は？」

最上は問いかけた。

「わかりません。ちょっと出かけてくると言っただけですので。いつもそうなんですよ」

「岩佐さんはスマホをお持ちですよね。自宅に戻るよう言ってもらえませんか」

「最近、夫はスマホを変えたようなんです。新しいナンバーは、知りませんの」

「そうですか」

「奥さん、『東日本医大ゼミナール』と『リフレッシュ・カレッジ』の帳簿を見せてください」

玲奈が口を挟んだ。

「あなた、何を言ってらっしゃるの⁉　ここは岩佐の自宅ですよ。帳簿が自宅にあるわけないでしょ！　それぞれのオフィスに、ちゃんと帳簿はあります」

「わたしは、裏帳簿を見せてほしいと申し上げたんです」

「裏帳簿ですって⁉　そんなものがあるはずないでしょうが。岩佐は経理担当者にきちんと記帳させて、税金も正しく納めてます」

「査察部の調査によると、収入をごまかしている疑いが濃厚なんです」

「そ、そんな……」

「ご主人の指示で経理担当者がわざと入金額を過少申告したんでしょう。ですから、岩佐さんはどこかに裏帳簿を隠しているはずなんです」

「わたくしは何も知りません」

房子が首を大きく横に振った。

「それじゃ、近々、強制調査をさせてもらいます。そのときは預貯金通帳はもちろん、金融証券証書、国債、美術品の提示も求めますよ。それから、自宅内に現金や金塊を秘匿《ひとく》してるかどうかもチェックさせてもらいます」

「そこまでやるの⁉」

「ええ、徹底的にやらせてもらいます。脱税は、れっきとした犯罪ですので」

玲奈がもっともらしく言った。岩佐夫人がうつむいた。疚《やま》しさがあるからだろう。

「ご主人は、医大受験予備校や民間職業訓練所のほかにも、サイドビジネスをやっていますよね。われわれは、この家にイワノフというロシア人貿易商が出入りしてる事実を把握しているんです」

最上は鎌をかけた。

「イワノフさんのビジネスパートナーは夫ではなく、わたしなんです」

「あなたがビジネスパートナーですって⁉」

「ええ、そうです。わたし、レオニド・イワノフさんと国際結婚相談所を共同経営しているんです。『グローバル』という会社名で、これまでに日本人男性とロシア人女性を七十組近く結婚させせました。もちろん、非合法ビジネスではありませんよ。ちゃんとした合法ビジネスです」

「法人登記簿の写しや関係書類を見せてもらえますか？」

「ええ、いいですよ。いま、持ってまいります」

房子がソファから立ち上がり、応接間から出ていった。

その直後、玲奈が小声で言った。

「奥さんはダミーっぽいわね」

「おそらく、そうなんだろう。岩佐はレオニド・イワノフとかいうロシア人と組んで、国際結婚詐欺をやってるんじゃないのかな」

「おおかた、そんなところでしょうね」

「と思うよ」

最上は口を結んだ。

数分後、岩佐夫人が応接間に戻ってきた。大きな書類袋を抱えている。彼女は書類袋の中身をコーヒーテーブルの上に拡げた。

最上は、まず『グローバル』の登記簿の写しに目を通した。

本社の所在地はレオニド・イワノフの自宅になっていた。広尾《ひろお》だ。代表取締役は、岩佐房子と記されている。夫の名は記載されていない。

「『グローバル』を設立したのは、およそ二年前ですの」

「わずか二年で、七十組近いカップルをまとめたんですか。凄いもんですね」

「ウクライナに戦争を仕掛けたロシアの経済はボロボロですからね。商才のある起業家は巨万の富を得てますけど、一般庶民の暮らしは厳しいんですよ。だから、経済力のある外国人男性との結婚を望むロシア人女性が多いんです。極東、特にハバロフスク在住の独身女性たちは日本人男性との結婚に憧《あこが》れています」

「そうですか」

「国際結婚相談所はたくさんありますけど、中国、韓国、フィリピン、ベトナム、タイ、スリランカといったアジア系の女性を紹介するとこが大半なんです。日本の殿方たちは白人女性が好きですから、おかげさまで繁昌しています。それに、『グローバル』は良心的にやってますのでね」

「会員制になってるんでしょ？」

「ええ、そうです。日本人男性には入会金二十五万円、登録費二十五万円の計五十万円を入会時に納めていただきます。それから登録女性のプロフィールを見ていただいて、お見合いしたい相手を十五人前後に絞っていただくんです」

「お見合い相手には、男性会員たちのプロフィールが写真付きで送信されるわけですね？」

「その通りです。相手の方にお見合いに応ずる意思があれば、ハバロフスクのホテルやレストランでロシア美人を紹介するわけです。男性会員は三泊五日で、次々にお気に入りの女性とお見合いするんですよ」

房子が言って、『グローバル』の宣伝パンフレットを手に取った。

「男性会員の費用はどのくらいかかるんです？」

「航空運賃、ホテル宿泊代、ビザ手数料、お見合い費、通訳費など一切で約三十万円ですね。最初の渡航で交際してみたいというロシア人女性が見つからなくても、二度目の現地訪問ではたいがいお相手が決まります。電話やメールの遣り取りで交際を重ねていただいて、次にロシア人女性を日本に招いてもらうんですよ。招待費用は渡航費を含めて三十万円ぐらいでしょうか。百万円ちょっとで若くて美しいロシア人女性と結婚できるのですから、男性会員には感謝されています」

「そうでしょうか」

最上は女性会員たちの写真付きプロフィールを捲《めく》った。

登録女性は美人揃いだった。しかも、いずれも高学歴だ。医科大学出身者も何人かいた。

最上は成婚カップルの写真も見た。花婿《はなむこ》は四、五十代が圧倒的に多い。

一様《いちよう》に冴《さ》えない感じの男たちだ。どう見ても、似合いのカップルではない。

この男たちは、巧みに偽装国際結婚に嵌められてしまったのではないか。最上はそう思いながら、かたわらの玲奈に目配せした。

玲奈が岩佐夫人に次々に質問を浴びせ、気を逸《そ》らしてくれた。その隙に最上は、日本人男性と結婚したロシア人女性のプロフィールを幾枚か抜き取った。コーヒーテーブルの下で素早く小さく折り畳み、上着の袖口《そでぐち》の中に隠す。

「帳簿類はイワノフさんの自宅兼オフィスにありますんで、必要なら、いつでもお見せしますよ」

「わかりました。後日、再度、調査に伺います」

最上は房子に言って、玲奈を目顔で促した。

「今度はご主人が在宅されてるかどうか事前に確認してから、お邪魔しましょう」

玲奈が先に腰を上げた。最上も立ち上がった。

二人は岩佐夫人に見送られ、ポーチからアプローチに下った。

すると、広い庭に大串の姿があった。巨身の男は庭木の手入れをしていた。

「岩佐の外出先を教えてくれ」

最上は大串に声をかけた。

「知らねえよ、おれは」

「また痛い目に遭いたいらしいな」

「こっちに来るなっ」

大串が花鋏《はなばさみ》を投げ捨て、家屋の裏手に逃げ込んだ。

「おれの車の中で待っててくれ」

最上は玲奈に言って、急いで大串を追った。

大串は岩佐邸の勝手口から表に飛び出すと、邸宅街を駆けはじめた。幾度も道を折れた。

最上は、どこまでも追いつづけた。

大串は五百メートルほど走ると、建材置き場に逃げ込んだ。古い廃材が堆《うずたか》く積み上げられているだけで、新しい建材は見当たらない。人もいなかった。

三方は高い塀や目隠し用の庭木で塞《ふさ》がれ、逃げ場はない。逃げ場を失った大串は、塀を背負って立ち竦《すく》んだ。

「岩佐は小日向あかりの家にいるのか?」

最上は大串に歩み寄った。

「おれは知らねえと言っただろうがっ」

「いや、おまえは岩佐の外出先を知ってるにちがいない。だから、こっちの顔を見て逃げたんだろうが!」

「そうじゃねえよ。あんたが東京地検の検事だとわかったから、なんとなく敬遠したくなったんだ」

「ま、いいさ。岩佐は妻をダミーの社長にして、レオニド・イワノフってロシア人と組んで偽装国際結婚でだいぶ儲けてるな?」

「えっ、そうなのかよ⁉」

「とぼける気か。岩佐は男性会員たちから見合い費用を集めるだけじゃなく、日本に来たがってるロシア美人たちからも謝礼を受け取ってるな。彼女たちは合法的に日本に入国して、新宿や六本木のロシアン・クラブで働くことが目的なんだろ?」

「おれは何も知らねえ」

「そうか、読めたぞ。岩佐は冴えない独身のおっさんたちに謝礼を渡して、ロシア人女性と国際結婚させたんだな。チャイニーズ・マフィアが日本のやくざと共謀して、こっちの男と中国人の女をよく偽装結婚させてる。岩佐は、それのロシア版を思いついたわけか」

「うざってえ奴だ」

大串が毒づき、廃材の中から埃《ほこり》塗れの角材を抜き取った。二メートルほどの長さだ。

「懲りない男だな」

最上は口の端を歪め、少しずつ間合いを詰めた。

大串が角材を薙《な》いだ。風切り音は高かったが、空振りだった。

「しっかりおれを見ろよ」

最上は茶化して、ステップインした。

誘いだった。案《あん》の定《じょう》、大串が角材を構え直した。

最上はステップバックした。ほとんど同時に角材が振られた。

今度は胸すれすれのところまで迫った。大串の体勢が崩れた。最上は大きく踏み込んで、大串の腹部に裏拳をめり込ませた。

大串が呻き、やや腰を屈めた。

最上は大串の急所を蹴り上げた。大串が角材を落とし、両手で股間を押さえる。最上は中段回し蹴りを放った。大串が横に吹っ飛んだ。

そのとき、最上は背後に人の気配を感じた。

小さく首を巡《めぐ》らせると、砂色の髪をした白人の男が立っていた。スラブ系の顔立ちだ。三十代の後半に見える。

体を反転させようとしたとき、最上は背に固い物を押し当てられた。銃口か。一瞬、全身が強張《こわば》った。

「レオニド・イワノフの仲間だな？」

「おまえ、もう逃げられない。わたし、マカロフＰｂ持ってる。ロシア製のサイレンサー・ピストルね」

白人の男が訛《なまり》のある日本語で言った。

「やっぱり、ロシア人だったか」

「わたし、アメリカ人ね」

「嘘つくな。どう見ても、スラブ系のマスクじゃないか」

「……………」

「極東マフィアらしいな」

最上は言った。後ろの男は何も言わなかった。

大串が起き上がって、砂色の髪の男に話しかけた。

「あんた、岩佐さんの知り合いなんだろ？　あの旦那に頼まれて、おれを救《たす》けに来てくれたんだよな？」

「それ、違う。おまえ、ばかね。ちょっと鈍いよ」

「鈍い？　それ、どういう意味なんだ？」

「おまえ、ここで死ぬね」

男は言うなり、大串の顔面に銃弾を見舞った。大串の顔から、鮮血と肉片が飛び散った。一瞬の出来事だった。発射音は小さかった。圧縮空気の洩れる音がしたきりだ。

大串は後ろにぶっ倒れた。声ひとつあげなかった。倒れたまま、石のように動かない。すでに絶命しているのだろう。

「岩佐が大串を始末しろって言ったんだな？」

「それ、答えられない質問ね。死にたくなかったら、おまえ、ゆっくりと両膝を地面につく。わかったか？」

「おれをどうする気なんだっ」

「早く言われた通りにする。いいな？」

「くそっ」

最上は片膝を落とすと、ロシア人と思われる男の腰に組みつく気になった。しかし、タックルする前に相手は抜け目なく跳《と》びのいた。

最上は前のめりに倒れる恰好になった。

すかさず前蹴りを見舞われた。躱《かわ》す余裕はなかった。

最上は胸を蹴り上げられ、横に転がった。

砂色の髪をした白人男が屈み込み、消音器の先端を最上の頬に押し当てた。

「おれも撃ち殺す気なのかっ」

「それ、やらない。おまえは別のやり方で片づけるね」

「別のやり方だって？」

最上は問い返した。

相手は薄く笑っただけで、何も言わなかった。数秒後、最上は首の後ろに尖鋭《せんえい》な痛みを覚えた。最上は首に手をやった。指先に注射針が触れた。引き抜こうと試みたが、結果は虚《むな》しかった。

「おまえ、眠くなるね」

白人男がそう言い、注射針を乱暴に引き抜いた。注射器の中は空になっていた。

「麻酔注射をうったんだなっ」

「そうね」

「岩佐は、おれを生捕《いけど》りにしろと言ったようだな」

「わたし、何も喋らない」

「おまえらの思い通りにはさせないぞ」

最上は肘を使って、身を起こそうとした。

しかし、手脚に力が入らない。体は十センチほどしか浮かなかった。じきに体が痺《しび》れはじめた。目も霞《かす》んできた。

玲奈は無事なのだろうか。自分と同じ目に遭っていないことを祈る。

最上は薄れる意識の中で、そう思った。

砂色の髪の男の体が陽炎《かげろう》のように揺らめきはじめた。ほどなく最上の意識は、急速に混濁《こんだく》した。

それから、どれほどの時間が経過したのだろうか。

最上は足許から伝わってくる震動で、我に返った。

坂道を下っているワンボックスカーの運転席に坐らされていた。シートベルトも掛けられている。

助手席に目をやると、玲奈がぐったりとしていた。まだ麻酔から醒《さ》めていない様子だ。

最上は恋人の名を大声で呼びながら、ヘッドライトを点けた。

ワンボックスカーは宅地造成地の坂道を走っていた。まだ家は一軒も建っていない。造成地の周囲は雑木林で、あたりは漆黒《しっこく》の闇だった。

アクセルペダルには瓦《かわら》のような物が載《の》っていた。

それを足で払いのけ、最上はフットブレーキを踏んだ。しかし、スピードはいっこうに落ちない。

床いっぱいまでフットブレーキを踏み込む。すかすかで、まるで抵抗がなかった。

ブレーキオイルを抜かれているにちがいない。

最上は戦慄を覚えながら、シフトレバーをD《ドライブ》レンジからR《リヴアース》レンジに移した。それでも、ほとんど速度は変わらなかった。

勾配《こうばい》の急な坂道だった。

悪いことに、坂の下は丁字路になっていた。ワンボックスカーをなんとか停めなければ、高台になっている宅地の石垣に激突することになるだろう。

「玲奈、目を開けるんだ。早く起きてくれーっ」

最上は大声で言いながら、サイドブレーキを徐々に引きはじめた。

一気に引っ張ったら、ワイヤーが切れてしまう恐れがある。最上は慎重にサイドブレーキを引きながら、タイヤを縁石に擦《こす》りつけはじめた。

ほんの少しだけ速度が落ちた。しかし、坂の下まで五十メートルそこそこしかない。

最上はハンドルを大胆に左に切り、わざと車体をガードレールに接触させた。車体が擦られ、不快な音をたてた。

スピードが殺《そ》がれた。

最上は急いでサイドブレーキを引き、エンジンを切った。ワンボックスカーは惰性《だせい》で数十メートル走ったが、急に停まった。

ちょうどそのとき、玲奈が意識を取り戻した。

「僚さんも麻酔注射をうたれたのね？」

「ああ。岩佐の自宅から一キロぐらい離れた建材置き場に大男を追いつめたんだが、サイレンサー・ピストルを握ったロシア人らしい男が現われて……」

最上は経過をかいつまんで話した。

「わたしも車に向かう途中、スラブ系の栗毛の男にいきなり組みつかれて、首筋に注射針を突き立てられたの。そして、その場で意識がなくなってしまったのよ。大串という男を射殺したのは、極東マフィアの一員なんじゃない？」

「そうなんだろう。二人の白人男は岩佐に頼まれて、おれたちを始末する気だったにちがいない。おおかた、この車はどこかでかっぱらったもんだろう。わざわざ足のつくようなことはやらないはずだから」

「ええ、盗難車なんだと思うわ」

「とにかく、車から出よう」

二人は相前後してワンボックスカーから出た。

そのすぐ後、闇から銃弾が疾駆《しっく》してきた。銃声は聞こえなかった。砂色の髪をした男が近くに潜《ひそ》んでいるようだ。

「ひとまず逃げよう」

最上は玲奈の手を取り、中腰で走りはじめた。

少し経つと、斜め後ろから二発目が飛んできた。銃弾は二人の数メートル後ろのアスファルトを穿《うが》った。最上は駆けながら、振り返った。造成済みの宅地に大串を撃ち殺したスラブ系の男が立っていた。

最上たちは造成地を走り抜けると、雑木林の中に走り入った。

林伝いに造成地から遠ざかり、民家のある方向に走った。刺客《しかく》は二人を見失ったのか、足音は近づいてこなかった。

やがて、最上たちは小さな集落にたどり着いた。住居表示板を見ると、神奈川県の津久井《つくい》町だった。

少し歩くと、コンビニエンスストアの灯りが見えてきた。まだ午後十時過ぎだった。

「コンビニの前にスマホでタクシーを呼ぼう。スカイラインを取りに行くついでに、岩佐が自宅にいるかどうかチェックしてみるよ」

「多分、今夜は自宅には戻らないんじゃないかしら？」

「そうかもしれないな」

「僚さん、スカイラインにはすぐ乗り込まないほうがいいわ。もしかしたら、敵が何か細工したかもしれないでしょ？」

「そのへんは心得てるさ。それより、玲奈に怖《こわ》い思いをさせてしまったな。まさかこんなことになるとは想像もしてなかったんだ。勘弁してくれ」

「わたしが恐怖心を覚えたのは、麻酔注射をうたれたときだけよ。その後は眠ってたんだから、あまり気にしないで」

玲奈がそう言い、腕を絡《から》めてきた。

最上はほほえみ返した。

## 4

朝刊を読み終えた。

きのう建材置き場で射殺された大串の事件記事は、わずか九行だった。いかにも第一報という扱いだ。

最上は新聞を折り畳み、ネットニュースをチェックする。残念ながら、新たな情報は得られなかった。JR飯田橋駅のそばにあるカフェだ。

あと数分で、午後三時になる。

最上は私立探偵の泊栄次を待っていた。今朝起きたとき、彼は泊に岩佐の居所を突きとめさせる気になったのである。

前夜、津久井町から岩佐の自宅前に戻ったとき、最上は一応、インターフォンを鳴らしてみた。しかし、岩佐は外出先から戻っていなかった。

最上は今朝早く小日向あかりの家に行ってみた。だが、愛人宅にも岩佐はいなかった。

岩佐は偽名でホテルに泊まったのかもしれない。それとも、レオニド・イワノフというロシア人に匿《かくま》ってもらっているのか。

最上はブレンドコーヒーを口に含んだ。

ちょうどそのとき、猫背の五十男が店に入ってきた。泊だ。

最上は片手を挙げた。泊が向かいの席に坐るなり、おもねるような笑みを浮かべた。

「また旦那のお手伝いをさせてもらえるなんて、実に光栄だな」

「調子がいいな」

「えへへ」

「こっちを裏切るようなことをしたら、今度こそ刑務所に送り込んでやるぞ」

「わかってますって。で、どんな調査をやればいいんです？」

「この男の居所を突きとめてもらいたい」

最上は潜めた声で言い、上着のポケットから岩佐諭の写真のコピーを取り出した。

そのとき、ウェイトレスがテーブルに近づいてきた。泊はレモンティーを注文した。

ウェイトレスが遠ざかった。最上は、岩佐に関する情報を泊に伝えた。泊が必要なことを手帳に書き留める。

「隠れる場所は多そうだから、少し苦労するかもしれないな」

「対象が詐欺師なら、裏社会から情報が入ってくるでしょう。だから、それほど時間はかからないと思います」

「大きく出たな」

「調査のプロですんでね、一応。それで、旦那、謝礼はどのくらいいただけるんです？」

「経費込みで十五万でどうだ？」

「もう少し色をつけてほしいな」

「妙な駆け引きをするつもりなら、別の探偵を雇おう」

「そんな殺生《せつしよう》な！　十五万で手を打ちましょう。その代わり、半金は先払いでお願いしたいな。とても経費を立て替える余裕がないんですよ」

「いいだろう」

最上は懐から札入れを取り出し、七万五千円を摑み出した。泊が札束を押しいただき、上着のポケットに突っ込んだ。

レモンティーが運ばれてきた。会話が中断した。

ウェイトレスが下がると、泊が前屈みになった。

「旦那、岩佐って奴から三億ぐらい脅し取るつもりなんでしょ？　わたし、旦那に全面的に協力しますんで、ちょっぴりお裾《すそ》分《わ》けをいただけませんかね」

「そっちは何か勘違いしてるな。こっちは悪党狩りを愉《たの》しんでるだけで、強請《ゆすり》なんかやってない」

「それはないでしょ。現にわたしは、旦那が口止め料をせしめてるのを知ってんですぜ」

「何か証拠があるのか？」

「証拠って、旦那……」

「おれに何か罪をおっ被《かぶ》せる気なら、あんたを服役させることになるぞ。こっちは、そっちを刑務所に送る証拠を押さえてあるんだ」

「わかりました。お裾分けに与《あず》かることは諦《あきら》めますよ」

「だいぶ物分かりがよくなったんじゃないか。それじゃ、連絡を待ってるぞ」

最上は卓上の伝票を抓《つま》み上げ、レジに向かった。

支払いを済ませると、カフェの斜め前に駐めてあるスカイラインに乗り込んだ。エンジンをかけたとき、検察事務官の菅沼から電話がかかってきた。

「今朝頼まれた件ですが、桜田門から情報を入手しました」

「ご苦労さん！　で、レオニド・イワノフのことはどの程度わかったのかな？」

「イワノフはちょうど四十歳で、ハバロフスクで生まれ育ちました。二十代の後半まではサハリン島の刑務所で刑務官をやってたんですが、その後は極東地方で幅を利かせてる『ドゥルジバ』という犯罪組織の関連会社で働いてたようです」

「ドゥルジバというのは？」

「友情という意味のロシア語だそうです。イワノフは三十代の半ばに、日本製の中古車の輸入や蟹《かに》の輸出を手がける会社を興《おこ》して、岩佐房子と『グローバル』を共同経営するようになりました」

「イワノフは『ドゥルジバ』とは縁が切れてるのか？」

「そのあたりのことがはっきりしないんですよ。おそらく、まだ組織のメンバーなんでしょうね。そう簡単に足を洗うことはできないでしょうから」

「そうだろうな。イワノフは広尾の自宅で独り暮らしをしてるの？」

最上は訊いた。

「ええ、そのようです。しかし、外事課の内偵によると、イワノフ宅に大勢のロシア人男女が出入りしてるというんですよ。イワノフは、日本にいるロシア人たちの世話人みたいなことをやってるんですかね？」

「世話人というよりも、密入国の手助けをやってるんじゃないのかな」

「それ、考えられそうですね。極東マフィアと関わりのある男が真っ当な貿易をしてるとは思えませんので」

「そうだな。ロシアのマフィアたちは石油や金属を不正に国外に流したり、兵器、麻薬、核物質と金になるものは何でも売り捌《さば》いてる。当然、密航ビジネスもやってるにちがいない」

「そうでしょうね。ソ連邦が解体されると、ロシアの腐敗した政治家、官僚、公務員、軍人なんかが組織犯罪グループとつるんで、自由市場経済移行期に暴利を貪《むさぼ》ってきましたからね」

「ロシア検察庁の報告によると、国内で甘い水を飲めなくなったギャングどもが競い合うようにアメリカやヨーロッパ各地に進出してるそうだ。連中が日本に拠点をこしらえても、少しも不思議じゃない」

「ええ、そうですね。それから、砂色の髪の毛のロシア人のことは、残念ながら、何も情報を得られませんでした」

「そう。日本人の中年男性と国際結婚したロシア娘たちに関する情報は？」

「ナターシャとソーニャという女性は結婚相手と数日だけ同居した後、行方がわからなくなっています。最上検事がおっしゃってたように、偽装国際結婚臭いですね」

「菅沼君、日本人の夫には会えたのか？」

「ナターシャの夫のトラック運転手には会ってきました。その男は『グローバル』にまんまと騙《だま》されたんじゃないかとぶつぶつ言ってましたよ」

「それじゃ、そのトラック運転手は戸籍の汚し代を受け取って、ナターシャと結婚したわけじゃないんだな」

「嘘をついてるようには見えませんでしたんで、詐欺に引っかかったのだと思います。しかし、ほかの会員の中には『グローバル』から謝礼を貰って、ロシア人女性と結婚した男もいるんじゃないのか」

「多分、いるだろう」

「検事、岩佐はロシアン・マフィアの日本進出の手助けをしてるんでしょうか？」

「その可能性はありそうだな。詐欺よりも密航ビジネスのほうが手っ取り早く儲かるからね。岩佐はかなり欲が深いようだから、麻薬や銃器の密売も手がける気でいるのかもしれない」

「ええ、そうですね。これはロシア関係の書物で得た知識なんですが、旧ソ連の国々は麻薬の原料国らしいんですよ。ロシアだけでも百万ヘクタールの土地に野生の大麻が生えてるそうですし、中央アジアとカフカス南部には広大なケシの生育地があるというんです」

菅沼が言った。

「ロシアの麻薬ビジネスは急成長してるらしいぜ。ロシアン・マフィアは旧ソ連に組み込まれてたカザフスタン共和国、キルギス共和国、アゼルバイジャン共和国からケシや大麻樹脂を大量に買い付け、国際的な麻薬シンジケートに売ってるという話だ。イタリアやコロンビアの麻薬エージェントが盛んにロシアを訪ねてるらしいよ」

「ロシア国内でも成金、ロック・ミュージシャン、スポーツ選手、政治家たちがドラッグに溺《おぼ》れてるみたいですね」

「そうだろうな。中国から安く輸入してる兵器や銃器はたっぷり余ってるようだから、そっちでも充分に儲けられる。密漁した水産物だって、日本の闇ブローカーたちには大歓迎されるはずだ」

「ええ、そうですね。不況が長引いてますが、プアなロシア人から見れば、日本はいまも〝経済大国〟です。日本に密入国して大きく稼ぎたいと思ってるロシア娘は少なくないと思います」

「そうだろう。岩佐はイワノフと組んで、あらゆる非合法ビジネスをする気なのかもしれないな」

「死んだ叔父に代わって、岩佐をぶっ殺してやりたい気持ちです」

「気持ちはわかるが、菅沼君、早まったことはするなよ」

「ええ、わかっています。それにしても、岩佐は強欲だな。政治評論家の正岡から一億円もの口止め料を脅し取ろうとしてるんでしょ？」

「回収した電話録音音声で、データの売り値を二億円に変えたことがわかったんだ」

「二億ですか!?」

「その上、正岡の実兄の脳外科医に五人の裏口入学をさせようとしている」

「どこまで汚い奴なんだっ。赦《ゆる》せませんね」

「おれが岩佐を裁く。菅沼君、そのうち何か奢《おご》るよ。とりあえず、ありがとう！」

最上は通話を切り上げると、スカイラインを発進させた。

広尾にあるイワノフの自宅を探し当てたのは、四時半ごろだった。古びた洋館で、白い塀には蔦《つた》が這っていた。

最上は洋館の斜め前にスカイラインを停めた。

スマートフォンを使って、代貸の亀岡に連絡をとる。ワンコールで、電話が繋がった。

「亀さん、時間の都合がついたら、小日向あかりの自宅に行ってもらえないですか」

「わかりました。岩佐が愛人《レコ》んとこに顔を出すかもしれないんですね？」

「その可能性は高いと思います」

「これから、すぐ小日向あかりんとこに行きます。もし岩佐が現われたら、取っ捕まえておきましょうか？」

「いや、その必要はありません。ただ連絡してくださいね。お願いします」

「了解です」

亀岡が電話を切った。

最上はイワノフの自宅に目を注いだ。門扉《もんぴ》に遮《さえぎ》られ、敷地内の様子はうかがえない。イワノフが在宅しているかどうかもわからなかった。むろん、岩佐が匿《かくま》ってもらっているという裏付けもない。しかし、とりあえず張り込んでみるより手がなかった。

ぼんやりとラジオを聴いていると、スラブ系の顔立ちの二人の女がイワノフ邸の前で足を止めた。ともに二十代の半ばで、肉感的な肢体だった。ミニスカートから覗く太腿がセクシーだ。

赤毛の女がインターフォンを鳴らした。

最上は急いでパワーウインドーのシールドを下げた。待つほどもなく、スピーカーから男の声が流れてきた。ロシア語だった。

赤毛の女は何かロシア語で話しかけた。

短い遣り取りが交わされ、二人の訪問者は邸内に吸い込まれた。

インターフォンで応答したのは、レオニド・イワノフだったのか。二人のロシア女性に見覚えはなかったが、『グローバル』の世話で日本人男性と結婚した者たちなのかもしれない。

イワノフの家に押し入って、二人の女を弾除《たまよ》けにするか。

最上は一瞬、そう思った。しかし、イワノフ邸には極東マフィアたちが大勢いるかもしれない。焦りは禁物だ。

最上はラジオの選局ボタンを幾度か押した。射殺された大串に関するニュースを聴きたくなったからだ。

ニュースを報じている局があった。

ウクライナ関係のニュースが終わると、女性アナウンサーの声に微妙な変化が生まれた。

「ただいま、速報が入りました。きょうの午後四時二十五分ごろ、福井《ふくい》勇《いさむ》官房長官が首相官邸の玄関前で何者かに爆殺されました。六十三歳でした。犯人はリモコン操作で動く無人飛行機《ドローン》に爆破装置を仕掛け、福井官房長官に激突させた模様です。激突時にドローンは爆発炎上し、福井官房長官は即死状態でした。なお、近くに居合わせた二人のSPも大火傷《おおやけど》を負いました。事件の起こる数十分前に不審な白人男性が官邸内の様子をうかがっていたという目撃情報が警察に寄せられています。そのほか詳しいことはわかっていません」

アナウンサーは速報を二度繰り返し、続報を伝えつづけた。その後、府中《ふちゆう》市内で発生した傷害致死事件が報じられた。

しかし、大串の事件に関するニュースは流されなかった。被害者が元やくざということで、捜査当局は手を抜いているのか。あるいは岩佐が誰か大物に頼んで、マスコミを抑《おさ》えさせたのだろうか。

最上はラジオのスイッチを切った。

そのとき、なぜだか急に首相官邸をうかがっていたという白人男性のことが気になりはじめた。ロシアの最大犯罪組織は旧KGBエージェントや特殊部隊員たちを金で抱き込み、新興資本家、銀行経営者、対立組織のボスなどを殺害させているらしい。闇の殺人請負会社も実在するようだ。

そうした会社は、外国の要人暗殺まで請け負っているという。『ドゥルジバ』が最大組織に倣《なら》って、外国の要人暗殺まで非合法ビジネスに加えたのか。

殺された官房長官は二世国会議員で、毒舌家だった。報道関係者や閣僚たちも平気でこき下ろす。

泉田《いずみだ》首相は、福井の言動に手を焼いていた。このままではチームワークが乱れる。そこで、首相が極東マフィアに暗殺させたのか。

最上はセブンスターをくわえた。

半分ほど喫ったとき、スマートフォンが着信音を発した。最上はスマートフォンを耳に当てた。

「わたしよ」

発信者は玲奈だった。

「きのうは、とんだ厄日《やくび》だったな。ちゃんと眠れたかい？」

「ええ、大丈夫よ。いま、『グローバル』の決算書の写しを見てたんだけど、収支におかしな点は見られなかったの。それで裏帳簿がある疑いが消えたわけじゃないけどね」

「表向きは、まともな結婚相談所に見せかけてるが、『グローバル』は国際結婚の斡旋を隠れ蓑《みの》にして、密航ビジネスをやってるんじゃないか。岩佐の家でこっそり抜き取った女性会員のプロフィールを菅沼君に渡して、ナターシャとソーニャのその後をちょっと調べてもらったんだ」

最上は、菅沼から聞いた話をそのまま伝えた。

「二人とも結婚相手と暮らしてないというんなら、きっと僚さんの言った通りだと思うわ。岩佐は詐欺に見切りをつけて、ロシアン・マフィアと手を組んで非合法ビジネスでボロ儲けする気になったようね」

「そいつは、ほぼ間違いなさそうだ。なぜなら、岩佐は正岡から二億円を脅し取って、東都医大に裏口入学の〝窓口〟を作る気でいる」

「強欲ね」

「そうだな。しかし、岩佐の思い通りに事が運ぶかどうか。花水百合香は追いつめられたんで、暴力団関係者に岩佐を始末させる気になってるからな」

「その話を聞かされたとき、人気女優は度胸が据《す》わってるなと驚いちゃった」

「芸能界は生き馬の目を抜くようなとこだろうから、自然に花水百合香も逞《たくま》しくなったんじゃないか」

「そうなんでしょうね。僚さん、いまはイワノフの自宅を張り込んでるの？」

玲奈が問いかけてきた。

最上は経緯《いきさつ》を語り、通話を切り上げた。すると、今度は泊から電話がかかってきた。

「旦那、岩佐の居所がわかりましたぜ」

「どこに隠れてるんだ？」

「伊豆高原の別荘でした。情報屋に何人か声をかけたら、隠れ家がわかったんですよ」

「偽情報《ガセネタ》を喰わされたんじゃないだろうな」

「そんなことは考えられない。彼らは軍事衛星並みに細かい情報まで吸い上げてるんです。横の連絡は密なんですよ」

「別荘のある場所を詳しく教えてくれ」

最上はスマートフォンを耳に当てたまま、上着の内ポケットから手帳を取り出した。

# 第四章　相次ぐ要人暗殺

## 1

国道一三五号線は空いていた。

めったに対向車とも擦《す》れ違わない。左手に相模《さがみ》湾が黒々と横たわっている。

最上は、さらに加速した。ほんの数分前に伊東《いとう》港を通過したところだ。東京を発って、およそ二時間が過ぎていた。

泊の情報が正しければ、岩佐の別荘は大室山《おおむろやま》の裾野に建っているのだろう。

最上はスカイラインを道なりに走らせつづけた。川奈《かわな》、富戸《ふと》と進み、城《じょう》ケ崎《がさき》海岸の少し手前で右に折れる。そのあたり一帯が伊豆高原だ。

大室山に向かって、県道を数キロ走った。

最上はステアリングを操りながら、何気なく左手前方の林道の出入口に目を向けた。ちょうどそのとき、林道の奥からプラチナブロンドの外国人女性が走り出てきた。

着衣が乱れ、靴も履《は》いていない。ブラウスの胸許は大きくはだけている。

最上は見過ごせなかった。林道の出入口にスカイラインを寄せ、パワーウインドーのシールドを下げた。

「どうされたんです？」

最上は英語で問いかけた。

と、プラチナブロンドの女がスカイラインに走り寄ってきた。二十代の前半だろうか。瞳はヘイゼルナッツに似た色だった。

「わたしを救《たす》けて！」

女が日本語で哀願した。

「何があったんです？」

「わたし、夜の散歩中に変な男に急に抱きつかれて、林の中に連れ込まれました」

「レイプされそうになったんだね？」

「はい、そうです。わたし、相手がベルトを外してる隙に逃げてきたんです」

「襲いかかってきた男は、まだ林道の奥にいるの？」

「ええ、多分」

「そいつを取っ捕まえてやろう。早く車に乗ってくれないか」

最上は助手席のドアを押し開けた。女が襟元を手で押さえながら、スカイラインに乗り込んできた。

胸ボタンが幾つか消えていた。犯されかけたときに弾《はじ》け飛んでしまったのだろう。

最上はステアリングを大きく切り、車を林道に乗り入れた。

暗かった。奥には別荘が点在しているようだ。

「きみは、この近くに住んでるの？」

「いいえ。お友達の山荘に遊びに来てるんです」

「そう。アメリカ人じゃなさそうだね？」

「わたしはルーマニア人です。ニーナといいます」

「ニーナさんか。ロシア人っぽい名前だな」

「ええ、そうね。でも、わたしの両親はルーマニア人です」

「そう。それはそうと、きみを辱《はずかし》めようとしたのはどんな奴だった？」

最上は訊いた。

「辱める？　その日本語、わかりません。教えてください」

「レイプのことだよ」

「ああ、わかりました。日本人と思われる男でした。そう若くなかった。三十代か、四十代でしょうね」

「容貌は？」

「強い印象はありませんでした。でも、無精髭《ぶしょうひげ》を生やしてました。無理矢理にキスされたとき、痛かったんで……」

「服装は？」

「黒っぽいセーターを着てました。下はグレイっぽいチノパンだったかな」

「そいつを見れば、すぐにわかるね？」

「ええ、わかります」

ニーナと名乗った白人女性がそう言い、左右の林に目をやった。最上はライトをハイビームに切り替えた。

林道の奥まで明るんだ。人影は見えない。最上は左右の暗がりを透《す》かして見た。やはり、誰もいなかった。

「連れ込まれたのは、もっと先かな？」

「はい。もう少し奥の左側の林の中です」

ニーナが答えた。

最上はスカイラインを前進させた。

「この奥です」

ニーナが左手の奥を指さした。最上は車を停めた。

「きみは車の中にいたほうがいいな」

「いいえ、わたしも行きます。あなたがそばにいてくれれば、ちっとも怖《こわ》くありません」

「しかし、暗いよ。それにレイピストは刃物を持ってるかもしれないな」

「あなたが一緒なら、安心です。わたしも行きます。レイプは卑劣です。わたし、そのことを男に言ってやりたいんです」

「わかった。それじゃ、一緒に行こう」

「はい」

ニーナが応じて、先に助手席から離れた。最上も車を降りた。

二人は林の中に足を踏み入れた。地表は羊歯《しだ》や苔《こけ》に覆われている。

「このあたりから引きずり込まれて、奥で押し倒されたんです」

ニーナがそう言い、先に進んだ。最上は歩きながら、足許の羊歯や灌木《かんぼく》に視線を落とした。

だが、人間に踏み荒らされた痕跡は見られなかった。

ニーナの言ったことは事実なのだろうか。最上はかすかな疑いを懐《いだ》きながら、ニーナの後に従った。

ニーナは足早に歩き、奥まった場所で立ち止まった。

「わたし、ここで押し倒されて、キスされたんです。それから、服も脱がされそうになりました」

「そう」

最上はスマートフォンのライトで、足許を照らした。

下生《したば》えは倒れていない。そのことを言うと、ニーナは慌《あわ》てて歩きだした。

「ごめんなさい。わたし、勘違いしてました。もう少し先でしたね」

「そう」

最上は罠の気配を嗅ぎ取った。しかし、別に怯《ひる》まなかった。むしろ、わざと罠に嵌《は》まって、敵の正体を突きとめたい。

「この近くにレイピストが隠れてるかもしれないわ」

ニーナは言うなり、急に走りだした。最上は急いでニーナを追った。ニーナは数十メートル先で、太い樹木の陰に入った。

最上は警戒しながら、ニーナに近づいた。不審な人影はどこにも見当たらない。

突然、ニーナが樹幹の向こうから姿を見せた。なんと素っ裸だった。夜目《よめ》にも、白い裸身はくっきりと見えた。

「どういうことなんだ⁉」

「わたし、あなたに嘘つきました。ごめんなさい。レイプされそうになったというのは、作り話です」

「なぜ、そんな嘘をついた？」

最上は問いかけた。

「わたし、一度でいいから、日本の男性に抱かれたいんです。だけど、そういうチャンスはありませんでした。だから、こんな形で通りかかったあなたを誘ったわけです」

「話がおかしいな。何を企んでるんだ？」

「わたし、あなたとセックスしてみたいだけ。この体を見ても、何も感じないの？」

ニーナが近寄ってきて、最上の前にひざまずいた。

少し色仕掛けに引っかかった振りをして、敵の出方を待つことにする。

ニーナがせっかちにトランクスからペニスを摑み出した。まだ欲望はめざめていない。

最上は周《まわ》りに視線を投げた。まだ魔手は迫ってこない。ニーナがしなやかな指で、亀頭をまさぐりはじめた。揉み込むような愛撫だった。

最上は頃合を計って、両手でニーナの頭をホールドした。

「きみはルーマニア人じゃないな」

「…………」

ニーナの動きが止まった。こわごわ彼女は、閉じていた瞼を開けた。

「ロシア人なんだろ？」

最上は訊いた。ニーナが首を横に振る。

「レオニド・イワノフに命じられて、おれに罠を仕掛けたんじゃないのかっ」

「…………」

「それとも、岩佐に命令されたのか？」

最上は畳みかけた。ニーナは返事の代わりに、陰茎を強く握りこんだ。かなり痛かった。

最上はニーナの頭頂部に手刀を落とした。ニーナが呻き、手をはなした。最上は性器をトランクスの中に戻した。

ニーナが羊歯《しだ》の上に坐り込んだ。

最上はしゃがみ込んで、ニーナの豊満な乳房を鷲摑《わしづか》みにした。

「誰に頼まれたんだ？」

「わたし、日本人男性とセックスしてみたかっただけ」

ニーナがシラを切る。

最上は指先に力を入れ、隆起全体を捩《ね》じ切るように捻《ひね》った。女の乳房は急所である。

ニーナが悲鳴をあげた。だが、何も喋ろうとしない。

最上はニーナの後ろに回り込み、利き腕を肩の近くまで捻り上げた。

ニーナが痛みを訴えた。それを無視して、最上はニーナを立たせた。

そのすぐ後、前と後ろで足音が響いた。

最上は素早く敵の数を目で確認した。二人だった。どちらもスラブ系の面立《おもだ》ちで、サイレンサー・ピストルを握っていた。二人とも年齢は判然としなかった。

最上は樫《かし》の巨木まで退《さ》がり、ニーナを楯《たて》にした。ニーナが男たちにロシア語で喚《わめ》いた。

「やっぱり、ロシア人だったな。仲間になんて言ったんだ？」

「…………」

「言うんだっ」

「あなたを早く撃ってって言ったのよ」

「二人の男は極東マフィアの『ドゥルジバ』のメンバーだな？」

最上は確かめた。ニーナが無視して、男たちにロシア語で何か言った。

すると、前から歩いてきた短髪の男が最上に日本語で命じた。

「殺されたくなかったら、おまえ、女を放せ！」

「撃ちたきゃ、撃てよ」

「女を放したら、命は助けてやろう」

「その手に乗るか。イワノフは、おれを射殺しろって言ったんだな？」

「イワノフなんて男は知らない」

「空とぼけやがって。おれを岩佐の別荘に連れ込めって命令されたのかっ」

最上は二人の男を交互に睨んだ。

さきほど背後から迫った小太りの男が、焦《じ》れた口調で相棒に母国語で何か言った。彼は派手なプリント柄のシャツの上に、黒革のジャケットを重ねていた。ゴールドの首飾りが覗いている。

短髪の男が仲間に何か言い諭《さと》した。小太りの男は何か言い返し、マカロフPbを前方に突き出した。

ニーナが首を横に振りながら、何か高く叫んだ。

小太りの男はニーナを黙殺し、サイレンサー・ピストルの引き金を絞った。

放たれた銃弾は最上の頭髪を掠め、樫の幹に埋まった。飛び散った樹皮の欠片《かけら》の一つが最上の首に当たった。

ニーナが小太りの男に何か罵声《ばせい》を浴びせた。

小太りの男が勢いよく走り寄ってきて、消音器の先端を最上の耳の真上に押し当てた。動作は速かった。

「手を放してよ！」

ニーナが最上に言った。

最上は素直にニーナを解き放った。ニーナは服を脱いだ場所に足を向けた。髪を短く刈り込んだ男が、仲間にロシア語で何か言った。レザージャケットを着た小太りの男がうなずき、ニーナの後を追う。そのままニーナと小太りの男は戻ってこなかった。

「手の込んだことをやるじゃないか。砂色の髪をしたロシア人の男は、岩佐の別荘にいるのか？」

最上は短髪の男に体を向けた。短髪の男がマカロフＰｂを構えながら、一歩ずつ近づいてきた。

「両手を頭の上で重ねろ」

「わかったよ」

「それから、ゆっくりと膝を落とすんだ」

「いいだろう」

最上は言われた通りにした。短髪の男が消音器の先を最上の額に突きつけた。

「オリガはいい女だから、ハニートラップに……」

「オリガというのは、ニーナの本名だな？」

「そうだよ」

「ついでに、そっちの名前も教えてもらおうか」

「わたし、セルゲイね。セルゲイ・グールトボイという名前。仲間の男はウラジミールね」

「おまえらはイワノフの子分だな？」

「それ、教えられない。それより、おまえ、女一本槍なのか？」

「さあね」

「この世には、男と女の両方がいる。どちらともナニしたほうが得ね」

「どうやらバイセクシャルらしいな、そっちは」

「その通りね」

セルゲイ・グールトボイと名乗った男が左手で器用にペニスを引っ張り出した。それは、すでに半ば猛《なか》《たけ》っていた。巨根だった。

「たとえ殺されたって、言いなりにはならない」

「しゃぶったら、おまえを逃がしてやってもいいぜ。岩佐さんには始末したと言っといてやるよ」

「岩佐に雇われたのか」

「わたし、つい口を滑らしてしまったね。でも、おまえのようなタイプは嫌いじゃない。言う通りにしたら、本当に逃がしてやろう」

「それ、嘘じゃないな？」

最上は確かめた。といっても、脅しに屈したわけではない。相手を油断させる気になったのだ。

セルゲイが無言でうなずき、股間を最上の眼前に近づけた。最上は股間に顔を寄せる真似をし、すぐにセルゲイの両脚を掬《すく》い上げた。

セルゲイが尻から地べたに落ちる。

弾みで、一発暴発した。最上は被弾しなかった。発射音は、きわめて小さかった。圧縮空気が洩れるような音だった。最上はセルゲイにのしかかり、マカロフPbを奪い取った。すぐにサイレンサーの先端をセルゲイの心臓部に押し当てた。

「おまえ、拳銃使ったことあるのか!?」

「何度も実射してるよ。下手な嘘をついたら、容赦なく撃つぞ」

「頼むから、撃たないでくれ」

「イワノフは『ドゥルジバ』のメンバーなんだな?」

「そ、そうだ」

「イワノフは国際結婚相談所をうまく使って、ロシア人女性を合法的に日本に入国させてるんだろう」

「…………」

「引き金を絞る!」

「やめろっ。そうだよ。オリガも日本人の男と偽装結婚して、日本に入国したんだ。いまは六本木のランジェリーパブで働いてる」

「岩佐の妻の話だと、『グローバル』は七十人近いロシア人女性を斡旋したらしいが、実際にはもっと人数が多いんじゃないのか?」

「それは……」

セルゲイが口ごもった。

「死ぬ気になったか?」

「撃つな! 撃たないでくれーっ。正確な数は、わたし、知らない。でも、偽装結婚した女は三百人以上ね。それから、貨物船や漁船で日本に密入国したロシア人の女は二千数百人いる」

「やっぱり、『ドゥルジバ』は密航ビジネスで荒稼ぎしてたんだな。ほかにも、非合法ビジネスをしてるんじゃないのか」

「非合法ビジネス？」

「麻薬、銃器、水産物なんかを不正に日本に運び込んでるんだろうが！」

「そういうことは、イワノフさんじゃなきゃわからないよ。わたしもウラジミールも下っ端ね」

「イワノフは、日本に組織の拠点を作る気でいるんだなっ」

「そう、そうね」

「岩佐は偽装国際結婚で儲けながら、イワノフの拠点作りを手伝ってるんだな？」

「おまえの言う通りね」

「この近くに岩佐の別荘があるはずだ。おれをその別荘に案内しろ」

最上はセルゲイを摑み起こし、林道まで歩かせた。

林道に出たとき、セルゲイが横に吹っ飛んだ。銃声は響かなかったが、被弾したことは明らかだった。セルゲイは首を撃たれていた。倒れたまま、微動だにしない。もう息絶えているのだろう。

最上は林の中に戻り、目を凝《こ》らした。

林道の向こうから姿を見せたのは、ウラジミールだった。オリガの姿は目に留《と》まらない。ウラジミールは、うろたえ気味だった。セルゲイを誤射してしまったのだろう。ウラジミールはセルゲイを抱き上げ、天を仰いだ。最上はウラジミールにマカロフPbを向けた。

「動くと、撃つぞ」

「死ぬのはおまえだっ」

ウラジミールが日本語で叫び、すっくと立ち上がった。ほとんど同時に、サイレンサー・ピストルを乱射した。

最上は樹木で身を庇《かば》った。

ウラジミールは連射しながら、急に走りはじめた。逃げる気になったらしい。

最上は林道に走り出て、片膝を落とした。

ウラジミールの脚に狙いをつけ、二発連射する。どちらも的《まと》には命中しなかった。ほどなくウラジミールの姿が搔き消えた。最上はスカイラインに乗り込み、岩佐の別荘に向かった。

数分後、目的の山荘が見つかった。

建物の中は暗い。岩佐は逃げ出したようだ。

最上は車を降りると、万能鍵で別荘の玄関ドアの内錠を外した。

ドアを開けた瞬間、凄まじい爆発音が轟《とどろ》いた。最上は爆風で、ポーチの下まで噴き飛ばされてしまった。

幸運にも、無傷だった。すぐに起き上がると、テラスの上にホストコンピューターと思われる機器の残骸が転がっていた。

岩佐は秘密サイトで何かダーティー・ビジネスをしていたのだろう。

最上は別荘から離れた。その直後、ふたたび爆発音が響き渡った。

洒落《しやれ》た造りの山荘は巨大な炎に包まれた。

## 2

残弾は三発だった。

最上は弾倉《マガジン》をマカロフＰｂの銃把《グリップ》の中に戻した。前の晩にセルゲイから奪ったサイレンサー・ピストルだ。

自宅マンションの居間だった。あと数分で、午後一時になる。

オリガかウラジミールのどちらかを取り押さえていたら、岩佐の居所がわかったのだろうが……。

最上は思い出すだに忌々《いまいま》しかった。

朝刊には、岩佐の別荘の火災記事は出ていなかった。地方版には載っているのではないか。セルゲイの死はマスコミでは報じられなかった。ということは、ウラジミールとオリガが死体をどこかに隠した可能性が高い。

イワノフは当然、警戒心を強めているだろう。また、岩佐も小日向あかりの自宅には近づかないと思われる。岩佐の妻を拉致《らち》して、夫の居所を吐かせる気になったのか。

最上はマカロフPbをコーヒーテーブルの上に置き、スマートフォンを手に取った。代貸の亀岡に電話をかけて、昨夜の出来事を手短に話す。

「若、危ないとこでしたね。きょうも、小日向あかりの家を張《ヤサ》り込んでみます」

「亀さん、ちょっと作戦を変えようと思ってるんですよ」

「どんなふうにです？」

「岩佐の妻を引っさらってくれませんか、健《けん》ちゃんか誰か若い組員と一緒に。おそらく岩佐は警戒して、美人演歌歌手のとこには行かないでしょう」

「かもしれませんね」

「岩佐が二億円と引き換えに正岡にスキャンダル写真のデータを渡す日は、まだ先のことだ。それまで待ってられない気持ちなんですよ」

「わかりました。健と一緒に岩佐の妻を引っさらいますよ。『道草《みちくさ》』に連れ込んだら、すぐ若に連絡しましょう」

亀岡がそう言い、電話を切った。『道草』は深見組が経営している居酒屋だ。根津の外れにある。

スマートフォンを卓上に置いたとき、インターフォンが鳴った。最上はサイレンサー・ピストルをマガジンラックの中に隠し、壁掛け型の受話器に足を向けた。

綿引刑事の声が届いた。

「突然、申し訳ありません。最上検事殿、少しお時間をいただけますでしょうか？」

「ええ、いいですよ。いま、内錠を外します」

最上は玄関口に急いだ。ロックを手早く解き、綿引を居間に通す。

「コーヒー、どうです？」

「どうかお構いなく。掛けさせてもらいます」

綿引が一礼し、リビングソファに腰かけた。最上は少し緊張しながら、綿引の前に坐った。

「早速、本題に入らせてもらいます。岩佐諭の居所はわかりました？」

綿引が問いかけてきた。

「えっ」

「最上検事殿は昨夜、伊豆に行かれませんでした？　イワノフの自宅を張り込んだ後、車で伊豆に向かわれましたよね。実はわたし、あなたの車を尾《つ》けてたんですよ。しかし、伊東港の少し手前でスカイラインを見失ってしまいました」

「きのうの夜は都内にずっといたがな」

「最上検事殿、そろそろ協力してくれてもいいのではありませんか。あなたは伊豆高原の岩佐の別荘に行かれたんでしょう？　岩佐が別荘に隠れているという情報を摑んだんですよね」

「伊豆には行ってませんよ」

「わたしは別段、検事殿をどうこうする気はないんです。実は、あなたには話してないことがあるんですよ」

「どんなことなんです？」

「いまから八カ月前、気鋭のフリージャーナリストが深夜の路上で何者かに撲殺《ぼくさつ》されました。その男は下條孝《しもじょうたかし》という名で、『グローバル』のことを熱心に調べていたようです。おそらく下條は偽装国際結婚の証拠を摑んだため、わずか三十一歳で死ぬことになってしまったんでしょう」

「綿《ワタ》引さんは、その殺人事件の犯人を追ってたのか」

「ええ、その通りです。わたしは下條殺しに岩佐か、イワノフが深く関与していると睨んでいます。最上検事殿も岩佐の悪事の証拠を押さえようとしてらっしゃるんでしょ？」

「…………」

「正直に申し上げますと、わたしはあなたの悪人狩りには半分だけ共鳴しています。これは目に余る行為だと感じなければ、最上検事殿を告発する気はありません。仮にあなたが悪人どもから口止め料めいたものを脅し取っていたとしても、目をつぶるつもりです。現職警官がこんなことを言っては、まずいんですがね。ついでに話してしまいましょう。福井官房長官をドローンを使って爆殺したのは、ロシア人の疑いが強まりました」

「ドローンはロシア製だったんですか？」

「いいえ、日本製でした。しかし、ドローンに搭載されていた炸薬《さくやく》はロシア軍の特殊部隊《スペツナズ》で使われてる特殊火薬だったんですよ」

「まさかロシアのスペツナズが官房長官を暗殺したなんてことは……」

「それは考えられないでしょう」

「となると、ロシアのマフィアが何らかの方法で手に入れた特殊炸薬を使って、凶行に及んだのか」

最上は呟いた。

「その可能性はゼロではないでしょうね。もう検事殿はご存じでしょうが、レオニド・イワノフは極東マフィア『ドゥルジバ』の幹部です。岩佐の妻とイワノフは『グローバル』を共同経営しています。もちろん、妻はダミーで実質的な共同経営者は夫なんでしょう」

「綿引《ワタ》さんは、岩佐がイワノフに福井官房長官の暗殺を依頼したと考えているんですね？」

「まだ推測の域を出ていませんが、そう考えることはできるのではないでしょうか。しかし、岩佐は小悪党に過ぎません。きっと岩佐を動かしてる黒幕がいるにちがいない」

「そうなんだろうか」

「最上検事殿、わたしは手の内をすべて見せました。ですので、あなたも……」

綿引が促した。

「こっちは岩佐の詐欺商法のからくりを暴《あば》きたくて、いろいろ嗅ぎ回っていたんですよ。菅沼君の叔父が気の毒に思えたんで、柄《がら》にもなく義憤を覚えたんです」

「そうですか。それで、どこまで調べ上げられたんです？」

「まだ確証はないんですが、『リフレッシュ・カレッジ』の長谷部所長を始末させたのは岩佐だと睨んでいます。殺害の動機は、リストラ退職した中高年訓練生を喰いものにしてる事実が発覚するのを恐れたからでしょう」

「なるほど。岩佐が医大裏口入学詐欺を働いてたことは知ってらっしゃいますよね？」

「ええ、まあ」

「ほかには、どんな悪事の尻尾を摑まれました？」

「岩佐がイワノフと組んで偽装国際結婚で荒稼ぎをしている疑いがあると……」

最上は、正岡のスキャンダル写真のことは隠し通した。調べ上げたことをそっくり綿引に教えてしまったら、岩佐から金を巻き上げられなくなるだろう。それは困る。

「そのほかには？」

「岩佐はイワノフとつるんで、密航ビジネスや麻薬の密売もやっているんじゃないかと疑いはじめています。それだけじゃなく、銃器や蟹なんかも密売しているかもしれないな」

「それだけですか。もっと別な疑惑を持ってらっしゃるんでしょ？」

綿引が探るような眼差しを向けてきた。正岡が脅迫されている事実を腕っこきの刑事は知っているのだろうか。

「別の疑惑ですか？」

「ええ、そうです。最上検事殿は、岩佐とイワノフが共謀して暗殺ビジネスをやっているのではないかと思いはじめているのではありませんか？」

「いや、そこまでは考えてもみませんでした。しかし、言われてみれば、暗殺ビジネスもやってそうだな。現に福井官房長官を爆殺したのは、ロシア人かもしれないって話でしたもんね」

「ええ。わたしは、要人暗殺の依頼人に興味を持ってるんですよ」

「つまり、誰が福井官房長官を始末させたかってことですね？」

「ええ、そういうことです。福井官房長官とは犬猿の仲だった前外務大臣は自分が屈辱的な形で更迭《こうてつ》されたことで、ひどくプライドを傷つけられたでしょう」

「綿引《ワタ》さんは、中岡昌臣《なかおかまさおみ》前外務大臣が福井官房長官の暗殺を依頼したと考えてるのか⁉」

「そこまでは言っていません。ですが、前外務大臣が現政権誕生に大きな貢献をしたことは確かです」

「ええ、そうですね」

「前外務大臣はストレートな物言いをしますので、敵も多かったんだと思います。それにしても、大臣ポストから外れて中岡昌臣はショックを受けたと思いますよ」

「多分、いまも腸《はらわた》は煮えくり返ってるだろうな」

「わたしも、そう思います」

「だからといって、中岡昌臣が仲の悪かった福井官房長官を暗殺させるというのは、いかにも子供っぽい八つ当たりでしょ？」

「ええ、まあ。要人暗殺は、これで終わりではないのかもしれません。まだ何人かの閣僚が葬られることになるんではないのかな。わたしは、なんとなくそんな気がしてるんですよ」

「綿引さんの勘はよく当たるが、それはどうだろうか？」

最上は首を傾げ、セブンスターに火を点けた。

「中岡昌臣が官房長官暗殺に関与してないとしても、この先も何かが起こりそうな気がして仕方がないんですよ。それで、最上検事殿と情報交換をする気になったんです」

「せっかく来てもらったのに、たいした情報を提供できなかったな。その代わりってわけじゃありませんが、何か新事実がわかったら、必ず綿引さんに教えますよ」

「ぜひ、ご協力願います」

「わかりました」

「いずれ誰かを揺さぶるおつもりなんでしょうが、あまり派手におやりにならないように」

「綿引さんの友情に感謝します」

「あなたの口から、友情なんて言葉を聞くとは思ってもみませんでした」

「友情という言葉が安っぽく聞こえるなら、侠気と言い換えましょう。こっちは、侠気のある男が大好きなんです。綿引さんは漢《おとこ》の中の漢ですよ」

「からかわないでください。最上検事殿こそ、好漢です。わたしは年下のあなたから、いろいろ教えられました。それでは、このへんで失礼いたします」

綿引がソファから立ち上がった。最上は急いで煙草の火を揉み消し、綿引を玄関まで見送った。

居間に戻ると、緊張がほぐれた。最上は一服してから、長椅子に寝そべった。それから五分も経たないうちに、玲奈から電話がかかってきた。

「仕事中？」

「いや、自宅にいるんだ」

「そんなに何日も休んで平気なの？」

「平気じゃないだろうな。しかし、裏の仕事が気になるんでね」

最上は昨夜の出来事と綿引が訪れたことを話した。

「岩佐はただの詐欺師だと思っていたけど、相当な悪党なのね」

「ああ、なかなか度胸が据わってるな。しかし、所詮《しょせん》は小物だろう。岩佐は背後にいる人間にうまく利用されてるような気がするんだ」

「そうなのかしら？　案外、強《したた》かな大悪党なのかもしれないわよ。それはそうと、綿引刑事があなたに情報の提供を求めたなんて、なんだか信じられない話だわ」

「だろうな。綿引《ワタ》さんは下條というフリージャーナリストの事件と何か大きな陰謀がリンクしてると見ているんだろう」

「そうでしょうね。だけど、前外務大臣の中岡昌臣が福井官房長官殺害事件に関与しているとは考えにくいんじゃない？　更迭されてプライドは傷つけられただろうけど、そこまで短《たん》絡《らく》的な仕返しはしないんじゃないかな」

「おれもそう考えたんだが、綿引さんには何か確信があるのかもしれないな」

「そうなのかしらね。ところで、岩佐は依然として成城の自宅に戻ってないの？」

「ああ。二時間ほど前に電話アンケートの調査と偽って探りを入れてみたんだが、妻の話では不在だというんだ」

「案外、居留守を使ってるんじゃない？」

「そういうことはあり得ないとは言い切れないが、もうしばらく岩佐は自宅には戻らないと思うよ。だが、今日中に岩佐の潜伏先はわかるだろう」

「岩佐の奥さんを脅して、居所を吐かせることにしたのね？」

「察しがついたか。亀さんに岩佐の妻を引っさらってもらうことになってるんだ」

「僚さん、そこまでやるのはまずいんじゃない？　警察沙汰にでもなったら、大変なことになるわよ」

「岩佐房子だって、夫が後ろめたいことをしてるのは知ってるはずだ。だから、拉致されたぐらいじゃ、警察に泣きついたりしないだろう」

「そうだといいんだけど。奥さんが夫の居所を知らなかった場合は、わたしが色仕掛けか何か使って、イワノフという金髪男に接近してみるわ」

「きみにそんな危険なことはさせられない。何か別の手を考えるよ」

「わたし、僚さんの力になりたいの」

玲奈が言った。

「その気持ちは嬉しいが、きみを囮《おとり》に使うわけにはいかないよ」

「優しいのね」

「玲奈に惚れてるからな」

最上は通話を切り上げ、ふたたび長椅子に身を横たえた。

綿引刑事から電話があったのは数十分後だった。

「たったいま情報が入ったのですが、海野澄夫《うみのすみお》厚生労働大臣が議員会館の近くを散歩中に何者かに狙撃されたそうです。頭部に被弾し、即死したとのことです。幸いにもＳＰは無事だったようです」

「綿引《ワタ》さんの勘がまた当たりましたね。泉田内閣のメンバーが二人も暗殺されたのは、ただの偶然とは考えにくい」

「ええ、それはね。銃声はまったく聞こえなかったという話ですから、消音装置付きの狙撃銃で離れた場所からシュートされたのでしょう」

「海野大臣の護衛をしてたＳＰは、狙撃者を目撃したんですか？」

「目撃する余裕はなかったようです。しかし、地取《じど》り捜査で目撃証言は得られるかもしれません」

「そうですね。綿引さん、わざわざ報《しら》せてくれてありがとう」

最上は電話を切ると、急いでテレビの電源を入れた。画面には、海野厚生労働大臣が狙撃されたという速報がテロップで流されていた。

最上はチャンネルを次々に替えた。

しかし、各局ともニュース速報をテロップで流しているだけだった。現職大臣が二人も暗殺されたわけだから、泉田首相はシロだろう。

事件現場からの中継がようやく放映されたとき、亀岡から電話連絡が入った。

「若、獲物を押さえました。これから、『道草』に向かうところです」

「おれも店に急ぎます」

最上は短く応じ、マガジンラックの中からマカロフＰｂを取り出した。

## 3

シャッターを拳《こぶし》で軽く叩く。

『道草』だ。夕闇が濃い。最上は濃いサングラスで目許を隠した。そのとき、シャッターの向こうで亀岡が低い声で訊いた。

「若ですね?」

「ええ」

「ちょっとお待ちください。いま、シャッターを開けますんで」

「ああ、頼む」

最上は少し退《さ》がった。

すぐにシャッターが半分ほど巻き揚げられた。最上は店内に入った。サングラスを外す。

左手にカウンター席があり、右手に小上《こあ》がりがある。岩佐房子は小上がりに浅く腰かけていた。

両手は腰の後ろで粘着テープで固定されている。房子の両目は、安眠用のアイマスクで覆われていた。

「ご苦労さんだったね」

最上は、組で最も若い健に声をかけた。三十歳で、好人物だ。料理上手だった。

健が頭を下げ、困惑顔で告げた。

「このおばさん、夫がどこにいるか知らないの一点張りなんですよ。もっと若けりゃ裸にして、木刀でぶっ叩いてやるんですけどね」

「後は、こっちに任せてくれ」

最上は岩佐の妻に歩み寄った。

「いま、喋った男の声には聞き覚えがあるわ。誰だったかしら？」

「そのままで、こっちの質問に答えてほしいな」

「あんたたち、やくざ者みたいね。どこの組の人たちなの？　岩佐は裏社会の顔役たちをよく知ってるのよっ。わたしをこんな目に遭わせたんだから、あんたたち、只《ただ》じゃ済まないからね」

「うるせえんだよ、ばばあ！」

健が怒声を張り上げ、岩佐夫人の髪の毛を引っ摑んだ。房子が悲鳴を洩らす。

最上は目顔《めがお》で健を制し、房子に言った。

「女性に手荒なことはしたくないんだが、それも相手の出方によるな」

「小娘じゃあるまいし、そんな脅しなんか怖《こわ》くないわ。ぶちたきゃ、ぶちなさいよ」

「騒ぐな」

「誰か、誰か来てーっ」

房子が大声で救いを求めた。最上はバックハンドで、房子の横っ面《つら》を張った。

だいぶ手加減したつもりだったが、房子は斜めに倒れた。脚をばたつかせて、さらに喚《わめ》きたてた。

最上はスカートの裾を捲《まく》り上げ、肌色のパンティーストッキングを手早く脱がせた。

「あんた、わたしをレイプする気なの⁉」

「うぬぼれるな。大年増《おおどしま》に手を出すほど女にゃ不自由してない」

「だって、パンストを……」

房子が語尾を呑んだ。

最上は、丸めたパンティーストッキングを房子の口の中に突っ込んだ。房子が苦しがってもがきはじめた。

「濡れ雑巾《ぞうきん》を顔面に押しつけるだけで、奥さんは死ぬだろう。死にたくなかったら、夫の隠れ家を言うんだな」

「………」

「もう人生には飽《あ》き飽きしたってわけか」

最上は言った。

すると、房子が顔を激しく左右に振った。そうこうしているうちに、口から丸めたパンティーストッキングが零《こぼ》れ落ちた。

「岩佐は目黒のウィークリーマンションにいるわ」

「ウィークリーマンションの名は？」

「『権之助坂《ごんのすけざか》レジデンス』よ」

「目黒駅近くの権之助坂の途中に建ってるのか？」

「ええ、そう。目黒川から百メートルほど駅寄りにあるわ。きょうの午前中に、わたし、主人の着替えを届けに行ったの」

「何号室なんだ？」

「三〇三号室よ。あんたたち、岩佐をどうする気なの？」

「会って確かめておきたいことがあるだけだ」

「それだけじゃないんでしょ？　お願いだから、岩佐にひどいことをしないで。主人が殺されたりしたら、わたし……」

「岩佐には殺す値打ちもない。詐欺を重ねてきた男はクズだからな」

「詐欺だなんて、言い過ぎよ。夫は誤解されてるんだわ」

「ま、いいさ。岩佐が『リフレッシュ・カレッジ』のダミー所長だった長谷部圭太を殺し屋《プロ》に始末させたんだな？」

「知らない、わたしは知らないわよ」

房子が言った。

「岩佐はリストラ退職者を喰いものにしていることが世間に知れるのを恐れて、長谷部を葬らせた。実行犯はレオニド・イワノフの手下なんじゃないのか？」

「あんたは先日の査察官ね。ええ、間違いないわ。いま、はっきりと思い出した」

「こっちは偽者《にせもの》だよ。査察官に成りすましたんだ」

「えっ、そうだったの。それじゃ、いったい何者なのよ⁉」

「身分は明かせない」

「想像はつくわ。恐喝屋なんでしょ？　主人に難癖をつけて、お金を脅し取る気みたいだけど、そんなことはできないわ」

「岩佐のバックには大物政治家やロシアのマフィアがついてるってわけか」

「ロシアのマフィアですって⁉」

「イワノフが『ドゥルジバ』って極東マフィアの幹部だってことはわかってるんだ。岩佐は奥さんを『グローバル』の代表取締役にして、イワノフと一緒に偽装国際結婚であこぎに稼いでいる。日本人の男と形だけの結婚をした三百人以上のロシア人女性はクラブやランジェリーパブで働くことが目的だった。そうだな？」

「わたしは、真面目に国際結婚のお世話をしただけよ。成婚した七十組近いカップルたちは、幸せな結婚生活を送ってるわ」

「おれは、ナターシャとソーニャが結婚相手とは別々に暮らしてる事実を確認済みなんだよ。それからイワノフの子分のセルゲイ・グールトボイは、すでに二千数百人のロシア人を日本に密入国させたと吐いてる。旦那はイワノフとつるんで、密航ビジネスをしてるなっ」

「わたしは何も悪いことはしてないわ。岩佐は法に触れるようなビジネスはしてないはずよ」

「まだ粘る気か」

最上は肩を竦《すく》め、亀岡に近づいた。

「生《い》け簀《す》の川海老《かわえび》と泥鰌《どじょう》を掬《すく》って持ってきてくれませんか」

「若、何をなさるんです？」

「おばさんをぶん殴るわけにはいかないから、別の方法でちょっとね」

「察しはつきます。川海老や泥鰌をパンティーの中に……」

「さすがは亀さんだ」

「確か鯰《なまず》も一匹残ってましたよ。そいつも流し込んでやりますか」

亀岡がカウンターの奥にある生け簀に歩み寄り、たも網《あみ》を摑んだ。掬い上げられた川海老、泥鰌、鯰は、次々に大きな笊《ざる》に投げ込まれた。

最上は大笊を受け取ると、房子の白いショーツの中に中身を落とした。

「何してるのよ。あっ、痛い！　いやだ、気持ち悪いわ。早く取ってよ」

「どこまで耐えられるかな」

「お願いだから、全部取ってちょうだい。泥鰌も鯰も大嫌いなのよ」

「旦那は密航ビジネスのほかに、麻薬や銃器の密売をやってるんじゃないのかっ」

「気持ち悪い！　早く変な生き物を取り出してよ」

房子が身を捩《よ》じりながら、涙声で哀願した。

水分を吸ったショーツの中で、川の生物が縺《もつ》れ合っている。どこかシュールな眺めだった。

「おれの質問に早く答えるんだ」

「人でなし！」

「奥さん、どうなんだっ」

「詳しいことはわからないけど、サハリン沖で密漁されたタラバ蟹を何トンも買い取って、水産会社に転売してるわ。だけど、麻薬や銃器の密売なんかやってないはずよ」

「二千数百人のロシア人男女を日本に密入国させたことは認めるな？」

「ええ、それはね。でも、岩佐は主犯じゃないわ。イワノフの手伝いをしてるだけよ。うっ、痛い！」

「旦那の用心棒をやってた元やくざの大串を始末したのは、イワノフの手下なんだろう？」

「ええ、多分ね」

「砂色の髪をしたロシア人の男は知ってるか？」

「ビクトル・ポドルスキーのことね。彼は、イワノフの右腕よ」

「ウラジミールという小太りの男は？」

「まだ下っ端よ」

「オリガという女も知ってるな？」

「ええ、知ってるわ。でも、オリガが組織の一員かどうかはわからないわね」

「ビクトルやウラジミールは、イワノフの家で寝起きしてるのか？」

「ううん、二人とも別々のマンスリーマンションで暮らしてるはずよ。アドレスまでは知らないわ」

「もう少し我慢してくれ。岩佐は要人の暗殺もイワノフに依頼してるんじゃないのか？」

「まさかそんなことは……」

「旦那は大物の政治家とも、つき合いがあるんだろ？　そいつらの名前を教えてくれないか」

「民自党の石井《いしい》幹事長や元法務大臣の神宮《じんぐう》先生とはゴルフを一緒にやったことがあるわ」

「前外務大臣の中岡昌臣とはつき合いがあるのか？」

「何かのパーティーで一緒に記念写真を撮ったことがあったわね。でも、どの程度のつき合いなのかはわからない」

「そうか。伊豆高原の別荘には、闇ビジネスのサーバーがあったんだろう？　岩佐は秘密サイトで偽装国際結婚の花婿探しをやり、密貿易もしてた。そうだなっ」

「ええ、そうよ」

「それがバレるとまずいんで、旦那は別荘を爆破してしまったんだろう？」

最上は畳みかけた。

「そのあたりのことは、よくわからない。ほんとよ」

「最近、岩佐がちょくちょく会ってた人物がいると思うんだが……」

「そのことは知らないわ。もう何もかも話したんだから、ショーツの中にいる川海老なんかを取り出してよ」

房子が切迫した声で訴え、体を左右に揺さぶった。

最上は斜め後ろに立っている健に笊を手渡し、亀岡に歩み寄った。健が房子のショーツの中に乱暴に手を突っ込み、泥鰌を抓《つま》み出した。

「若、自分も目黒に行きましょうか？」

亀岡が小声で言った。

「おれひとりで平気ですよ」

「しかし、岩佐は丸腰じゃないと思います。ロシアン・マフィアと親しくしてるわけですから、おそらく拳銃《ハジキ》を……」

「こっちも車の中に、敵から奪ったサイレンサー・ピストルを隠してある。だから、心配はいりません。岩佐を締め上げたら、亀さんに電話します」

「それまで人質は預かります」

「よろしく頼みますね」

最上は、代貸に頭を下げた。ちょうどそのとき、岩佐の妻が大声を発した。

「わたしの両手を使えるようにしてよっ。泥鰌が奥まで潜り込んじゃったの」

「しばらく寝床《ねどこ》にしてやれよ」

健がからかった。

「気持ち悪いこと言わないでよ。とにかく、早く取り出したいの!」

房子が語気を強め、足を飛ばした。横蹴りは健の内腿に入った。

健がよろける。笊から川海老と泥鰌が零《こぼ》れた。

「しっかりしろい!」

亀岡が笑いながら、健を叱りつけた。

最上は思わず吹き出してしまった。口許を引き締めてから、表に出る。

スカイラインは、『道草』から十メートルほど離れた路上に駐《と》めてあった。最上は車に乗り込み、ただちに目黒に向かった。

目的のマンスリーマンションを探し当てたのは、午後七時ごろだった。道路がどこも渋滞していて、予想以上に時間がかかってしまったのだ。

最上は車を裏通りに停止させた。

グローブボックスからマカロフPbを掴み出し、腰の後ろに差し込む。

最上は車を降り、マンスリーマンションの表玄関を潜《くぐ》った。管理人室はあったが、窓口はカーテンで閉ざされていた。無人なのだろう。

最上は勝手にエレベーターで三階に上がった。人目がないことを確認してから、両手に布手袋を嵌める。

三〇三号室の前で足を止め、ドアに耳を近づけた。室内は静まり返っていた。

岩佐は外出しているのか。

最上はインターフォンを鳴らした。なんの応答もない。

出かけているようだ。それなら、部屋の中で岩佐の帰りを待つか。

最上は上着のポケットから万能鍵を抓《つま》み出し、ノブに手を掛けた。ノブはなんの抵抗もなく回った。施錠されていない。

最上は万能鍵をポケットの中に戻し、室内に忍び込んだ。マンスリーマンションはホテル形式の造りで、奥にコンパクトなソファセットとベッドが見える。

最上はベルトの下からサイレンサー・ピストルを引き抜き、スライドを手早く滑らせた。初弾が薬室《チャンバー》に送り込まれる。

最上は足音を殺しながら、ベッドの横まで歩いた。

だが、どこにも岩佐はいなかった。逆戻りして、バスルームのドアを引いた。

そのとたん、血の臭いが鼻腔《びこう》を撲《う》った。

バスタブの中で、裸の岩佐が死んでいた。首と左胸に射入孔《しゃにゅうこう》が見える。

銃創《じゅうそう》に溜まっている血は、まだ凝固しきっていない。バスタブの湯は真っ赤だった。射殺されてから、それほど時間は経過していないようだ。薬莢《やっきょう》は見当たらなかった。

加害者が持ち去ったのだろう。あるいは、凶器はリボルバーだったのか。

岩佐はうまく利用されていたと思われる。死人から金は取れない。こうなったら、岩佐の背後にいる黒幕から金をせしめてやる。

最上はバスルームのドアを閉め、クローゼットの扉を開けた。

隅に茶色のトラベルバッグが置いてあった。中身を検《しら》べる。着替えや洗面用具が入っているだけだった。

最上は、ハンガーに吊《つ》るされた岩佐の背広のポケットを探った。札入れと名刺入れが入っていたが、手帳の類《たぐい》はなかった。

最上はクローゼットの扉を閉めると、ベッドに歩み寄った。ナイトテーブルの上に、スマートフォンがあった。

最上は岩佐のスマートフォンを懐に入れると、サイレンサー・ピストルをベルトの下に差し込んだ。三〇三号室を出ようとしたとき、二人の制服警官が部屋に飛び込んできた。

片方は四十代前半で、もうひとりは二十六、七歳だった。

「あんた、ここで何をしてるんだっ」

四十年配の男が咎《とが》めるように言い、最上の布手袋に目を向けた。

「怪しい者ではない」

「おい、訊いてることにちゃんと答えろ。この部屋で人が殺されてるという通報があったんだ。手袋なんかして、怪しいな」

今度は若い警官が言った。

所轄署に連行されたら、所持品検査をやられそうだ。最上は上着の内ポケットから身分証明書を取り出し、二人の警官に呈示した。

「東京地検の方でしたか。これは、大変失礼いたしました。なぜ、この部屋にいらしたのでしょう？」

年長の警官が緊張しながらも、訝《いぶか》しげに問いかけてきた。

最上は一瞬、動揺しそうになった。だが、すぐに平静さを取り戻した。

「このマンスリーマンションにいる知人を訪ねてきたんだが、廊下を歩いてると、三〇三号室から黒いスポーツキャップを目深《まぶか》に被った若い男が慌《あわ》てた様子で飛び出してきたんだ。そいつは、布手袋もしてた。それで不審に思ったんで、仕事用の手袋を嵌めて部屋の中に入ってみたんですよ」

「それで？」

「バスルームの中で六十年配の裸の男が殺されていました。至近距離から二発、銃弾を撃ち込まれてた」

「やっぱり、通報は正しかったんだな」

四十代の警官が同僚に声をかけた。若い警官が無言でうなずいた。

「すぐ機捜に連絡をとったほうがいいと思うな」

最上は、どちらにともなく言った。と、年嵩《としかさ》の男が最上の顔を正視した。

「はい、そうします。あなたが第一発見者ということになりますので、事情聴取させてもらえますね？」

「もちろん、協力しますよ。ただ、知人宅に早く届けなければならない物があるんだ。数分で戻ってくるから、ちょっと行ってきてもいいでしょ？」

「ええ、どうぞ」

「それじゃ、すぐ戻りますんで」

最上は三〇三号室を出ると、布手袋を外した。マンスリーマンションを出て、マイカーに駆け寄った。

トランクルームにマカロフPbと岩佐のスマートフォンを隠し、亀岡に連絡をとった。

「亀さん、岩佐が殺されたんだ」

「なんですって!?　マンスリーマンションの部屋で殺《や》られてたんですか？」

「そうです」

最上は経緯《いきさつ》をかいつまんで話した。

「そういうことなら、人質は家《ヤサ》に帰してやってもいいですね？」

「ええ、そうしてください。ただし、監禁場所を覚《さと》られないように」

「その点は抜かりありません。どうかご安心ください」

亀岡が先に電話を切った。

最上はスマートフォンを懐にしまうと、ゆっくりとマンスリーマンションに戻りはじめた。

4

事情聴取が終わった。

最上は機動捜査隊のベテラン捜査員に目礼し、エレベーター乗り場に向かった。いつの間にか、八時半を回っていた。

最上は歩きながら、額の冷や汗を手の甲で拭《ぬぐ》った。

五十嵐《いがらし》というベテラン捜査員は事情聴取中、絶えず最上の顔を見据えていた。マンスリーマンションに最上の知人が住んでいないことを職業的な勘で見抜いた様子だった。

最上はたじろぎそうになった。

しかし、とっさに思いついた作り話を嘘だったと認めるわけにはいかない。最上は苦し紛《まぎ》れに、知人は人妻なのだと言い繕《つくろ》った。

ベテラン捜査員は、相手の女性の名を知りたがった。当然だろう。だが、最上は知人に迷惑をかけたくないと頑《かたくな》に姓名を口にしなかった。

でたらめな名前を言ったら、かえって怪しまれることになる。最上はそう考え、余計なことは喋らなかったのだ。

ベテラン捜査員は、最上が岩佐殺しに何らかの形で関わっていると睨んだらしい。事情聴取は、きわめて執拗《しつよう》だった。

エレベーターホールに着いた。最上は函《ケージ》に乗り込み、一階に降りた。

『権之助坂レジデンス』の前には、夥《おびただ》しい数の警察車が連《つら》なっていた。白色の鑑識車も二台見えた。報道関係者たちの姿も目立つ。あちこちに撮影用ライトが灯《とも》り、放送記者たちがマイクを握っていた。遠巻きに野次馬たちがたたずんでいる。

最上は、うつむき加減でスカイラインまで歩いた。

急いで車に乗り込み、ひとまずマンスリーマンションから遠ざかる。数百メートル先で、スカイラインを路肩《ろかた》に寄せた。

ほとんど同時に、懐のスマートフォンが鳴った。スマートフォンを耳に当てると、馬場部長の不機嫌そうな声が響いてきた。

「きみは何をやってるんだっ」

「なんの話です？」

「たったいま、機捜の五十嵐という刑事から問い合わせの電話があった。きみは殺人事件の第一発見者だったそうだね？」

「ええ、成り行きでそうなってしまったんですよ」

「欠勤するのはかまわないが、妙な行動は慎《つつし》んでくれ。わたしの感触だと、五十嵐刑事はきみが殺人犯だと疑ってるようだ」

「冗談じゃない。殺された男は、まったく知らない奴だったんですよ。そんな人物をどうして殺さなきゃならないんですっ」

最上は言い返した。

「きみの供述に不自然なとこがあったから、嫌疑をかけられたんだろう。マンスリーマンションに、本当にきみと親しい人妻が住んでるのかね？」

「ええ、住んでます。彼女、夫と別居中なんですよ」

「それだったら、五十嵐刑事に交際相手の氏名を教えてもよかったんじゃないの。彼女は夫と別々に暮らしてるんだから」

「五十嵐という捜査員が彼女の夫に電話して、こっちのことを訊くかもしれないでしょ？彼女は離婚するかどうか迷ってるんですよ。不倫相手の存在が旦那に知れてしまったら、知り合いの人妻は否応《いやおう》もなく離婚に追い込まれるでしょう」

「それは仕方ないじゃないか。夫を裏切ってしまったんだからな」

「しかし、まだ彼女は夫に未練があるんです。だから、五十嵐刑事に彼女の名前を教えるわけにはいかなかったんですよ」

「最上君、少しは自分の立場を考えろ。きみは現職検事なんだぞ。人妻相手に軽々しく情事を娯《たの》しむのは、感心できることじゃないな」

馬場が苦々しげに言った。

「確かに品行方正とは言えませんが、恋愛は自由でしょう？」

「わかった。その話はやめよう。五十嵐刑事は、きみが欠勤日にまで布手袋を携帯してたことにも不審感を懐《いだ》いてるみたいだったぞ」

「たまたま上着のポケットに入ってただけですよ。いつも持ち歩いてるわけじゃありません」

「そうなのか。とにかく、検察官であることを自覚してほしいね」

「わかりました。ほかに何か？」

「いや、それだけだ」

「それじゃ、これで……」

最上はスマートフォンを懐に突っ込んだ。トランクリッドのオープナーを引き、車を降りる。

トランクルームの中からサイレンサー・ピストルと岩佐のスマートフォンを掴み出し、すぐ運転席に戻る。スマートフォンの発・着信履歴をチェックしてみた。

射殺された岩佐はこの三日間で、矢内敬之《やうちたかゆき》という人物に七回も電話をかけたことがわかった。最上は矢内のスマートフォンの番号をディスプレイに呼び出し、発信アイコンをタップした。

だが、先方の電源は切られていた。

矢内という男が首謀者なのかもしれない。いったい何者なのか。

最上は菅沼に電話をかけた。

「まだ残業かい？」

「ちょっと前に片づけて、これから帰ろうとしてたとこです」

「それじゃ、岩佐が殺されたことはまだ知らないだろうな」

「えっ、あの詐欺師が殺されたんですか」

菅沼が声を裏返らせた。最上は詳しい話をした。

「叔父を苦しめた岩佐が殺されても、まったく気の毒だとは思いませんね。それどころか、ざまあみろって気持ちです」

「そうだろうな」

「しかし、よく考えると、こんな結末じゃ自殺した叔父は浮かばれません。叔父は、所長の長谷部だけでなく悪質な詐欺を重ねてた岩佐に刑務所暮らしをさせることを願ってたでしょうからね」

「おれがもっと早く岩佐の黒い人脈に気づいていれば、奴を服役させることができたんだろう。菅沼君、済まない」

「検事が謝ることはありませんよ。叔父のために一肌脱いでくださって、本当にありがとうございました」

「よせよ。こっちは岩佐がダーティー・ビジネスにも手を染めてる事実を調べ上げただけで、奴に喰いものにされたリストラ退職者たちの恨みを晴らしてあげられたわけじゃない。岩佐があんな形で殺されてしまって、すごく残念だよ」

「岩佐が死んだわけですから、最上検事の単独捜査も終わりですね？」

「いや、捜査は続行する。岩佐は、要人暗殺に加担した疑いが濃いんだ」

「要人暗殺というと、福井官房長官が爆殺され、海野厚生労働大臣が散歩中に何者かに狙撃された事件のことですね？」

「そうだ。綿引《ワタ》さんから聞いた話によると、福井官房長官に激突したドローンには、ロシア軍のスペツナズが使ってる炸薬が搭載されてたらしいんだよ」

「そのことは、マスコミで一切報じられてませんね」

「そうだな。警察は外交面で波風を立てたくないと判断して、意図的に発表を控えたんだろう。そうじゃないとすれば、政界の大物から圧力がかかったんだろう」

「どちらにしても、岩佐とつるんで密航ビジネスをやってた極東マフィアが政治家暗殺事件に関与してる疑いがあるんですね？」

「ああ。綿引さんは、前外務大臣の中岡昌臣が更迭《こうてつ》された腹いせに泉田内閣のメンバーを殺し屋《プロ》に始末させたのかもしれないと言ってたよ」

「それは、どうですかね。たとえ、あの前外務大臣が現政権をガタガタにしてやりたいと考えてたとしても、そんな子供っぽい仕返しはやらないでしょう？」

「そうだろうな。綿引さんの勘も、たまには外れるさ」

「綿引刑事は中岡昌臣が要人暗殺に関与してるという裏付《ウラ》けを取ったんでしょうか？」

「それは、まだだと思うよ。現内閣を崩壊させて早期解散総選挙を狙ってる者がいるとすれば、民自党の最大派閥のことが頭に浮かんでくるな」

「ええ、そうですね。しかし……」

菅沼が言い澱《よど》んだ。

「先をつづけてくれ」

「はい。首相は断乎《だんこ》として構造改革を推《お》し進めると叫んでいますが、大半の国民は明らかに失望しはじめてます。ですから、そう遠くない日に泉田内閣は崩れ落ちるんじゃないのかな」

「菅沼君は、最大派閥がわざわざ現閣僚の暗殺をロシアン・マフィアに依頼する必要はないと言いたいんだね？」

最上は確かめた。

「ええ、そうです」

「しかし、構造改革を望む国民は依然《いぜん》として多いんじゃないだろうか」

「首相の今後の政策次第では、また支持率がアップする可能性はあるでしょうね。それに最大派閥に属する議員たちが収賄容疑をかけられたりして、国民に呆《あき》れられてますからね」

「そうなんだ。泉田内閣が人気を盛り返したら、最大派閥の議員たちが閣僚の要職に就くチャンスはなくなるわけだろ？」

「そこで最大派閥は要人暗殺を請け負ってる極東マフィアに現閣僚をひとりずつ……」

「まだ証拠を摑んだわけじゃないが、そういう疑いもゼロじゃなさそうだな」

「ええ、そうですね」

「それはそれとして、ちょっと犯歴を調べてもらいたい男がいるんだ」

「どういう人物なんでしょう？」

菅沼が問いかけてきた。

最上は、矢内敬之の名が岩佐のスマートフォンの発信記録に残されていたことを告げた。むろん、電話をかけた回数も教えた。

「矢内はロシアン・マフィアと直《じか》に接触することを避けて、岩佐を通じて要人暗殺を依頼したのではないかとお考えなんですね？」

「そうなんだ」

「すぐに調べて、最上検事に報告します」

電話が切れた。

最上は自分のスマートフォンを懐にしまうと、岩佐のスマートフォンのディスプレイに番号登録者の名を映しはじめた。保守系の国会議員の名が三人ほど登録されていた。しかし、いずれも発着信の履歴はない。

岩佐は、はったりでベテラン議員たちの電話番号を登録しただけなのか。そして、実際には三人の議員の秘書たちと連絡を取り合っていたのか。ただ、その三議員は最大派閥には属していなかった。

最上は、およそ百人の登録者の氏名をひとりずつ読んだ。日本人の名ばかりで、イワノフの名は記載されていなかった。

携帯電話《ガラケー》やスマートフォンは傍受《ぼうじゅ》されやすい。岩佐は固定電話を使って、黒幕やイワノフと連絡をとり合っていたのだろうか。

最上は岩佐のスマートフォンをグローブボックスの中に突っ込み、車を発進させた。広尾のイワノフ邸を張り込んでみる気になったのだ。

十分ほどスカイラインを走らせると、菅沼から電話がかかってきた。

「矢内敬之には検挙歴も逮捕歴もありませんでした」

「そうなのか」

「最上検事、そうがっかりしないでください。ぼく、矢内敬之という名前は記憶に残ってたんです。先々週、週刊誌に矢内に関する記事が載ってたことを思い出したんですよ」

「矢内は有名人なのか？」

「別に有名人ではありませんが、ロシアびいきの事業家なんです。五十二歳で、日ロ合弁の水産会社や石油会社に出資して、ロシア正教の信者でもあります。奥さんは、エスカリーナという名のロシア美人です。三十六歳だったかな」

「ユニークな男だな。どういう経歴の持ち主なんだい？」

「三十代の半ばまで、ロシア語の翻訳と通訳をやってたんですが、親の遺産が入ったんで、事業家に転身したんですよ」

「ふうん。しかし、岩佐のような男と親交があったんじゃ、真っ当な生き方はしてなさそうだな」

「かもしれませんね」

「矢内の半生が面白いってことで、週刊誌は記事で取り上げたわけか」

「それもあるでしょうが、矢内はだいぶ前にプーチン大統領に北方四島を日ロの共有領土にして、両国民が一緒に仲良く暮らしたらどうかという提案を長い手紙にして送ったらしいんです。そのことがロシアのテレビで紹介されたとかで、『週刊トピックス』も記事にしたみたいですね」

「その掲載号は、まだ自宅にあるのかな？」

「ええ、あります。明日、職場に持っていきますよ。それから、矢内の自宅も調べておきましょう」

「そうしてもらえると、助かるな。悪いが、よろしく！」

最上は通話を切り上げ、運転に専念した。

イワノフの自宅に着いたのは二十数分後だった。

スカイラインを洋館から少し離れた路上に停め、そのまま張り込みはじめる。

イワノフ邸の門扉《もんぴ》が開いたのは午後十時過ぎだった。最上の目に最初に映ったのは、オリガだった。

オリガの向こうに、金髪の男がいた。イワノフらしい。二人は短く言葉を交わすと、相前後して片手を軽く挙げた。オリガが歩きだした。イワノフは門扉を閉ざして邸内に消えた。

オリガを尾《つ》ける気になった。

最上はグローブボックスからサイレンサー・ピストルを取り出し、腰の後ろに挟んだ。そっと車を降り、オリガの後を追う。

オリガは外苑《がいえん》西通りに出ると、広尾橋方面に向かった。彼女は歩きながら、スマートフォンを一度使った。

最上は一定の距離を保ちながら、オリガを追尾しつづけた。

オリガは広尾橋交差点を右に曲がった。広尾プラザの前を通り、寺院のある地区に入っていった。最上は伊豆高原と同じように罠の気配を嗅《か》ぎ取った。オリガは尾行者をどこか暗い場所に誘い込む気なのではないか。

最上はそう思いながらも、臆《おく》することはなかった。

少し経つと、オリガは寺の敷地に足を踏み入れた。門はあったが、扉は開け放たれている。ほぼ正面に本堂が建ち、その右側に庫裏《くり》があった。庫裏とは本来は寺の台所のことだが、広義では住職一家の居室をも含む。窓は電灯で明るい。

オリガは左手にある墓地の中に入った。

少し遅れて最上も墓地に走り入った。さすがに暗い。七、八十基の墓石が並んでいる。墓地の端には、巨木が連なっていた。

オリガが墓地の中央のあたりで立ち止まり、体を反転させた。

「どこまで従《つ》いてくるの、ストーカーさん？」

「暗がりのどこかに仲間がいるんだろ？　伊豆高原でセルゲイ・グールトボイを誤って撃ち殺したウラジミールが刺客なのか？」

「刺客？　その意味、わからない」

「殺し屋のことだ。ウラジミールじゃ、また仲間を誤射するかもしれないな。待ち伏せしてるのは、イワノフの右腕のビクトル・ポドルスキーなのか？」

「わたし、日本の男性とセックスしてみたいと思っただけ。だから、あなたをここに誘い込んだの」

「ふざけるなっ」

「わたし、ほんとにあなたとメイクラブしたい」

「だったら、素っ裸になれ！」

最上は言いながら、視線を巡らせた。動く人影はない。

「ここでは落ち着かないわ。隅《すみ》っこでセックスしましょうよ」

オリガは言うなり、奥に駆けていった。

最上はベルトの下からマカロフPbを引き抜き、スライドを滑らせた。大股でオリガの後を追う。オリガは石垣の前にたたずんだ。ジャケットを着たまま、ブラウスの胸ボタンを外しはじめた。

「下手な芝居はやめろっ」

最上は声を張った。

一拍置いて、樹木の陰から小太りの男が現われた。ウラジミールだ。サイレンサー・ピストルを提《さ》げていた。予想通りの流れだ。

最上は近くの墓石を楯《たて》にして、ウラジミールに狙いをつけた。

先に発砲したのは、小太りのロシア人だった。放たれた九ミリ弾が墓標の角を弾き飛ばし、背後の墓石を穿《うが》った。跳弾は植え込みの中に落ちた。

最上は引き金を絞った。

狙ったのは、標的の右脚だった。うまい具合に命中した。ウラジミールが呻きながら、通路の石畳の上に転がった。

オリガがロシア語で何か口走りながら、本堂の方に向かって走りだした。逃げる気になったらしい。

ウラジミールが上体だけを起こし、また銃弾を放ってきた。

最上は横に移動し、大きく回り込んだ。ウラジミールは最上の姿を見失ったらしく、しきりに目を凝《こ》らしている。

最上は迂回しきると、石畳に躍《おど》り出た。両手保持でサイレンサー・ピストルを構え、ウラジミールに命じる。

「武器を捨てろ。捨てないと、おまえの頭をミンチにするぞ」

「撃つな。わたし、まだ死にたくない」

ウラジミールが震え声で言い、マカロフＰｂを石畳に滑らせた。特殊拳銃は三メートル近く離れた場所で静止した。

いつの間にか、オリガの姿は墓地から掻き消えていた。

「ビクトルはどこに隠れてるんだ？」

最上はウラジミールに訊いた。

「彼は、ここには来てない。わたしがおまえを始末することになってたんでな」

「ま、いいさ。そこから動くなよ」

「わかってる」

ウラジミールが力弱く呟いた。

最上は周りの墓石の後ろを覗き込み、ウラジミールが捨てたサイレンサー・ピストルを拾い上げようとした。

ちょうどそのとき、ウラジミールが短い声を洩らした。頭部が西瓜《すいか》のように砕《くだ》け散った。

最上は、石畳のマカロフPbにふたたび片手を伸ばした。数秒後、かすかな発射音が耳に届いた。放たれた銃弾は、石畳を穿《うが》った。最上はウラジミールの武器を拾い上げることを諦《あきら》めた。大きな墓石に身を寄せる。

通路の端に、ビクトルが立っていた。砂色の髪の男だ。

最上は敵を充分に引き寄せてから、引き金を絞ることにした。

ビクトルがサイレンサー・ピストルを構えながら、一歩ずつ近づいてくる。

さすがに平然とはしていられなくなった。最上は喉の渇《かわ》きを覚えた。心臓が締めつけられたような感じで、少しばかり胸苦しい。

「おまえは、もう逃げられない」

ビクトルが圧《お》し殺した声で告げた。日本語だった。

最上は卒塔婆《そとば》をそっと引き抜き、通路に投げた。

ビクトルが発砲した。最上は大きく伸び上がった。ビクトルは十メートルほど先に立っていた。

最上は撃った。右手首がわずかに上下する。いわゆる反動《キック》だ。

ビクトルが左手で利き腕を押さえて、慌てて走りだした。どうやら弾が命中したらしい。

最上は石畳に走り出て、ビクトルを追った。残弾でビクトルのどちらかの腿を撃つつもりだった。

ビクトルが墓地から本堂の方に回った。最上は懸命に追いかけた。墓地を走り出ると、ビクトルの姿は掻き消えていた。

最上は、あちこち駆け巡ってみた。だが、ビクトルはついに見つからなかった。

# 第五章　歪《ゆが》んだ野望

## 1

道端に二人の男が立っていた。

どちらも三十代と思われる。眼光が鋭い。

刑事だろう。

最上はスカイラインを自宅マンションの駐車場から出した。岩佐が射殺された翌日の朝である。

九時過ぎだった。

目つきの鋭い男たちが焦って黒色のクラウンに乗り込んだ。ナンバープレートと車についているアンテナで、警察車とわかった。

男たちは目黒署の刑事だろう。機動捜査隊の五十嵐が所轄署の捜査員に最上をマークすべきだと言ったにちがいない。

クラウンは三十メートルほど車間距離を保ちながら、追走してくる。

最上は車を霞が関に向けた。覆面パトカーは依然として追尾してくる。

しかし、最上は気にも留《と》めなかった。どんなに怪しまれても、自分は岩佐殺しには無関係だ。

そんなことよりも前夜のことが気がかりだった。今朝のテレビニュースでウラジミールの死は伝えられたが、ビクトルのことは報じられなかった。最上はビクトルの利き腕を撃っている。

逃げるビクトルを追ったとき、住職一家の誰かに姿を見られたのではないか。あるいは、寺の隣家の者に目撃されたのかもしれない。地元署の刑事たちにもマークされたら、ますます動きにくくなる。

二十数分で、最上は職場に着いた。

マイカーを駐車場に入れ、三階に上がる。すぐ検事調室に入った。

最上は検事席につき、セブンスターをくわえた。マナー違反の隠れ煙草だ。

午前十時に菅沼とここで会う約束になっていた。最上は起き抜けにコンビを組んでいる検察事務官に電話をかけたのだ。

待つほどもなく、菅沼が検事調室に入ってきた。

「おはよう。菅沼君、早いじゃないか」

「最上検事こそ……」

「年取ると、めざめが早くなってね」

「ご冗談を」

「例の週刊誌持ってきてくれた？」

最上は訊いた。菅沼がうなずき、最上の席に近づいてくる。黒い革鞄から『週刊トピックス』の先々週号を取り出した。

最上は週刊誌を受け取り、矢内敬之に関する記事に目を通した。

記事には矢内だけではなく、妻のエスカリーナの顔写真も添えてあった。エスカリーナは、思っていたよりも美しかった。

「矢内の自宅もわかりました。世田谷区尾山台《おやまだい》二丁目十×番地です」

「そう」

「えーと、それから矢内の出身大学もわかりました。京陽《けいよう》大学の文学部を出てます」

「京陽大学といったら、元首相の小橋善太郎《こばしぜんたろう》の出身校だな」

「ええ、そうですね。小橋は六十六歳で、矢内は五十二歳です。学んだ時期はずれていますが、同窓ですよね。校友会の親睦パーティーか何かで二人が会ってる可能性はあるんじゃないでしょうか」

菅沼が言った。

「あるだろうな。小橋善太郎は、民自党の最大派閥のボスだ」

「ええ、そうですね。矢内が小橋と接触した事実があるとすれば、要人暗殺を企てたのは小橋善太郎かもしれないな。泉田にとって、小橋は宿命のライバルですんで」

「そうだな。小橋は多くの女性票を獲得して、総理大臣の椅子に坐った。しかし、経済政策でしくじって、退陣に追い込まれたんだったな」

「ええ、そうでしたね。志《こころざし》半ばだったわけですから、小橋善太郎はさぞや悔やしかったと思います」

「だろうな」

「小橋が現政権をぶっ壊して、また総理大臣に返り咲きたいと考えてるんですかね？」

菅沼が言った。

「そういう思いもなくはないだろうが、小橋元首相は自分がその夢を叶えられるとは考えちゃいないんじゃないかな」

「だとすると、小橋は自分の派閥の中の誰かを次の総理にしたいと願っているんでしょうか」

「そうなのかもしれないが、適任者がいるかい？　首相になりたがってる野望家は大勢いるようだが、どいつもカリスマ性がない」

「最上検事のおっしゃる通りですね。確かに、これといった人物はいません。小橋善太郎は、意外なエースを用意しているのでしょうか？」

「それ、考えられなくはないね。いずれにせよ、小橋が矢内と裏で繋《つな》がってるとしたら、要人暗殺に絡《から》んでそうだな。少し矢内をマークしてみるか」

「ぼくにお手伝いできることがあったら、遠慮なくおっしゃってください」

「それじゃ、どこかでレンタカーを借りてきてくれないか。地味なセダンがいいな」

「敵にスカイラインを何度も見られてるんで、レンタカーをお使いになる気に……」

「そうなんだ。とりあえず、三日ほど借りてほしいな」

最上は懐から札入れを抓《つま》み出し、何枚かの一万円札を菅沼に手渡した。ほどなく菅沼は、レンタカーを借りに行った。

最上は岩佐のスマートフォンを上着のポケットから摑み出し、矢内敬之に電話をかけた。

ややあって、中年男の声で応答があった。

「矢内さんですね？」

最上は作り声で確かめた。

「そうです。失礼だが、どなたでしょう？」

「岩佐諭の身内の者です」

「このたびは、突然のことで……」

「あなたは怕《こわ》い方だな」

「どういう意味なんです？」

「矢内さん、あなたは岩佐をさんざん利用しておきながら、非情にも誰かに始末させた」

「いきなり何を言い出すんですっ。まるでわたしが岩佐さんを殺害させたような言い方じゃないか！」

矢内が気色《けしき》ばんだ。

「そうなんでしょ？」

「な、何を根拠にわたしを罪人扱いするんだ」

「生前、わたしは岩佐から聞いてるんですよ。あなたが日ロ合弁会社のビジネスとは別に、ロシア人を日本に密入国させたり、密漁されたタラバ蟹なんかを安く買ってるって話をね」

最上は揺さぶりをかけた。

「根も葉もないことを言うな。無礼じゃないかっ。だいたい岩佐さんとは、それほど親しくなかったんだ。ただの釣り仲間だったんだよ」

「こっちは、岩佐のスマートフォンの発信記録を調べたんです。岩佐は数日の間に、あなたに何度も電話をかけてる」

「岩佐さんがブラックバスの情報を教えてくれただけだよ」

矢内が狼狽《ろうばい》気味に言った。

「だいぶ慌ててますね」

「おかしなことを言うなっ」

「岩佐を射殺したのは、レオニド・イワノフの手下なんでしょう？」

「誰なんだね、その男は？」

「おとぼけだな。極東マフィア『ドゥルジバ』の幹部で、岩佐房子と国際結婚相談所の『グローバル』を共同経営してる奴ですよ。イワノフとは親しいんでしょう？　岩佐はイワノフを通じて、あなたと知り合ったと言ってた」

最上は、また誘導尋問《じんもん》をした。

「イワノフなんて人物には会ったこともない」

「ま、そういうことにしておきますか。それはそうと、岩佐の葬儀には出席していただけますね？」

「そのつもりだが、まだ通夜と告別式の日時をうかがってないんだ」

「まだ日時は決まってないんですよ。しかし、午後にははっきりするはずだ。日時が決定したら、別の者がご連絡します」

「おたくは岩佐さんの身内の者じゃないなっ」

「なぜ、そう思われるんです？」

「おたくは、このわたしに揺さぶりをかけてるんじゃないのか。しかし、わたしは疚《やま》しいことなんかしてない。岩佐さんとは、本当に釣り仲間だったんだ。また妙な電話をしてきたら、警察に届けるぞ。いいな！」

矢内が憤然と電話を切った。

最上はすぐにリダイヤルしたが、先方の電源は切られていた。とりあえず、矢内を揺さぶることができた。一連の事件に関与していれば、何らかのアクションを起こすにちがいない。どう反応するのか。

最上は、岩佐の自宅に電話をかけた。

受話器を取ったのは、若い男だった。故人の身内だろうか。

最上は岩佐の旧友を装って、通夜と告別式の日取りを教えてもらった。きょうが通夜で、告別式は明日だった。

最上はいったん電話を切ると、私立探偵の泊に連絡をとった。

「また、あんたに仕事を回してやるよ」

「それはありがたいな。今度は何をやればいいんです？」

「きのう、岩佐諭が目黒のマンスリーマンションの浴室で殺されたことは知ってるな？」

「ええ、テレビとネットニュースを観《み》ましたんで」

「通夜と告別式に顔を出す弔問客のすべてをビデオカメラか、デジタルカメラで隠し撮りしてもらいたいんだ」

「お安いご用です。で、謝礼のほうは？」

泊が問いかけてきた。

「二十万円出そう」

「前回の謝礼、半分しか貰ってませんが……」

「今回の謝礼と一緒にまとめて払うよ」

最上は通夜と告別式の日時を伝え、スマートフォンをタップした。紫煙をくゆらせてから、代貸の亀岡に電話をする。

「亀さん、広尾のイワノフの自宅に張りついてくれませんか」

「合点です。イワノフが外出したら、尾行すりゃいいんですね？」

「そうです。亀さん、イワノフが接触した人物の正体も探ってほしいんだ」

「わかりました」

「いつも同じことを言うが、着流し姿は目立つから……」

「若、心得てます。それはそうと、砂色の髪をしたロシア人を見かけたら、どうしましょう？　取っ捕まえて、組事務所に連れ込みましょうか」

「その男はビクトルというんだが、おそらく姿を見せないだろう」

「どうしてです？」

亀岡が訊いた。最上は前夜の出来事を話した。

「そんなことがあったんですか⁉　若、あまり無茶をやらないでください。なんたって陰の三代目組長なんですから」

「わかってます」

「若に右腕を撃たれてるんでしたら、ビクトルって奴、都内の外科医院にこっそり入院してるんじゃないのかな。もちろん、ドクターに警察《サツ》には黙っててくれって袖の下を使ってね。闇治療をやってる病院はそう多くないから、その気になりゃ、入院先は突きとめられるでしょう。ビクトルを拉致《らち》して、とことん痛めつけりゃ……」

「亀さん、そこまでやってくれなくてもいいんだ。ビクトルは手強《てごわ》い男ですからね」

「それを聞いちゃ、引き下がれませんや」

「亀さん、言う通りにしてくれませんか」

「了解です。それじゃ、自分はこれから広尾に向かいます」

亀岡が通話を終わらせた。

最上は、またもや煙草に火を点けた。菅沼が検事調室に戻ってきたのは数十分後だった。

「オフブラックのプリウスを借りてきました。レンタカーはスカイラインの並びに駐《と》めてあります」

「悪かったな」

「いいえ、どういたしまして。これが鍵《キー》です」

「ありがとう」

最上はレンタカーの鍵を受け取った。菅沼が一礼し、検事調室から出ていく。最上は恋仲の玲奈に電話をかけ、これまでの経過をつぶさに話した。

「その矢内って男、怪しいわね。僚さんが揺さぶりをかけたんだったら、何らかのアクションを起こすんじゃない？」

「それを期待してるんだよ。ところで、元首相の小橋善太郎が矢内に現閣僚の暗殺を依頼したんだろうか。矢内は岩佐に橋渡しを頼んで、イワノフを動かした。そう推測できるんだが、きみはどう思う？」

「大筋は間違ってないんじゃないかな。少なくとも、例の中岡昌臣は黒幕じゃないわよね」

「こっちも、そう考えてるんだ。ただ、果たして小橋が首謀者なのかどうか」

「何かすっきりしないみたいね？」

「そうなんだよ。小橋は最大派閥の親玉だ。泉田内閣のメンバーが二人も暗殺されたとなったら、誰もが小橋善太郎を疑いたくなるよな？」

「ええ、そうでしょうね」

「ただ、策士的な側面を持ってる小橋が、そんな見え見えの謀略を思いつくだろうか。もしかしたら、第三者が小橋派の犯行に見せかけて、福井官房長官と海野厚生労働大臣を葬ったとも……」

「言われてみると、そういう推測もできるわね。だけど、具体的に第三者が誰かとなると、すぐには思いつかないいんじゃない？」

「そうだな。野党は揃《そろ》って現政権の早期解散を望んでるようだが、ロシアのマフィアどもと繋がってそうな国会議員はいないだろう」

「多分、いないでしょうね」

「となると、やっぱり与党関係者か。泉田内閣は光盟党《こうめい》と政権を担《にな》っているが、できれば民自党の単独政権を実現させたいはずだ」

「でしょうね。選挙協力してくれたんで、やむなく光盟党議員を入閣させたけどね。あっ、そうか！」

玲奈が急に大声を出した。

「何か思い当たったんだな？」

「ええ、ちょっとね。光盟党は巨大な新興宗教教団を選挙母体にしてるけど、いまのままでは舵《かじ》取りはさせてもらえない。そこで、民自党系大臣の数を減らしたくて、暗殺計画を練ったんじゃないのかな」

「そんなことをしても、なんの意味もないよ。たとえ民自党の大臣が何人殺されたとしても、それぞれの後釜には同じ党の国会議員が坐るだろう。それに確か海野厚生労働大臣は光盟党の議員だ」

「巨大教団が泉田政権を崩壊に導いても、何もメリットはないわけね？」

「そういうことになるな。とにかく、矢内敬之に張りついてみるよ」

最上は電話を切ると、検事調室を出た。

廊下を歩きだして間もなく、前方から馬場部長がやってきた。

「きょうから仕事に戻ったんだな？」

「ええ、そうです」

「きみは何かこそこそ探偵めいたことをしてるんじゃないのか。だったら、いっそ検事をやめて探偵になったらどうだい？」

「いや、検事は辞めません。この職場は居心地がいいし、部長も尊敬できる方ですのでね」

最上は皮肉たっぷりに言って、エレベーター乗り場に急いだ。

一階まで降り、駐車場に向かう。最上はスカイラインの車内から必要な物を取り出し、レンタカーに移した。

レンタカーのプリウスは割に新しかった。製造されて、まだ一年は経っていないのだろう。

最上は変装用の黒縁眼鏡をかけてから、プリウスを発進させた。中央合同庁舎第6号館の斜め前に、覆面パトカーが見えた。

だが、二人の刑事はプリウスの運転者が最上だと気づかなかった。最上はほくそ笑んで、世田谷の尾山台に車を向けた。

矢内の自宅を探し当てたのは小一時間後だった。

高級住宅街の一角にあった。敷地は広く、鉄筋コンクリート造りの二階家も大きい。

最上は矢内邸の門とガレージを見通せる場所にレンタカーを停めた。人は、めったに通らない。最上はシートの背凭《せもた》れをいっぱいに倒し、上体を預けた。

いたずらに時間が流れた。

ガレージからマセラティが滑り出てきたのは、午後四時半ごろだった。薄茶の高級イタリア車のステアリングを握っているのは矢内自身だ。

助手席には、妻のエスカリーナが坐っている。

週刊誌記事中の写真よりも、ずっと美しい。夫婦は、ともにカジュアルな服装だった。

最上はマセラティを追った。

矢内の車は閑静な邸宅街を走り抜けると、二子玉川《ふたこたまがわ》にある有名なデパートの駐車場に入った。少し間を取ってから、最上もプリウスを駐車場に入れた。

矢内夫妻はブランド品を数点買うと、地下食料品売場でデリカテッセンと赤ワインを求めた。二人は買物を済ませると、まっすぐ帰宅した。

最上は苦笑して、同じ場所で張り込みを再開した。残照が消え、あたりが暗くなった。

矢内は家の中に入ったきり、いっこうに表に出てこない。美人妻とワインを傾けながら、デリカテッセンをつついているのかもしれない。

イワノフの自宅に張りついている亀岡からも何も連絡はない。きょうは無駄骨を折ることになるのか。

綿引刑事から電話がかかってきたのは午後八時数分前だった。

「最上検事殿、今夜どうしてもお目にかかりたいんです。なんとか都合をつけていただけないでしょうか？」

「何か大きな手がかりを摑んだようですね？」

「ええ。わたしの勘は、まったく外れていました。意外な人物が要人暗殺にタッチしてるかもしれないんですよ」

「そいつは誰なんです？」

「お目にかかったときに、お教えします。わたしは渋谷駅の近くにいるんですが、最上検事殿はどちらに？」

「世田谷区尾山台二丁目にいます」

「矢内敬之の自宅を張り込んでるんですね？」

「綿引さん、矢内のことを知ってるのか!?」

最上は驚いた。

「ええ。矢内は、一連の事件の鍵を握ってる人物です。検事殿、不用意に矢内に接近するのは危険です。八時半ごろ、三軒茶屋《さんげんぢゃや》あたりで落ち合えますか？」

「いいですよ。待ち合わせの場所をそちらが決めてください」

「それでは、玉川通りと世田谷通りの分岐点のあたりで……」

綿引が急に言葉を途切らせ、苦しげに呻いた。

最上は幾度も呼びかけた。だが、綿引の返事はなかった。不意に電話が切られた。

綿引は犯人グループの一員に襲われたにちがいない。

最上は、そう直感した。禍々《まがまが》しい予感が胸を領する。

綿引の居場所は正確にはわからない。たとえ居場所がわかったとしても、渋谷まで数十分はかかる。その間に綿引は連れ去られてしまうだろう。

「なんてことだ」

最上は拳《こぶし》でステアリングを打ち据えた。

2

マセラティがガレージから出てきた。

運転席の矢内は、黒っぽいスーツを着ていた。午後九時過ぎだ。ひとりだった。

矢内は岩佐の通夜に顔を出す気なのかもしれない。

最上はレンタカーで、矢内の車を尾行しはじめた。

マセラティは環状八号線に出ると、砧《きぬた》公園を回り込み、世田谷通りに入った。成城一丁目で右折し、小田急線の成城学園前駅方向に進んだ。

どうやら勘は正しかったようだ。

最上は細心の注意を払いながら、マセラティを追尾《ついび》しつづけた。やがて、矢内の車は岩佐邸のある通りに入った。

岩佐の自宅の前には、十台前後の車が縦列に並んでいた。

矢内は岩佐邸の五十メートルほど手前で路肩に寄せた。最上はマセラティの三十メートルあまり後方にプリウスを停め、手早くヘッドライトを消した。

そのとき、矢内が高級外車から降りた。急ぎ足で岩佐邸に向かう。

最上は矢内が邸内に吸い込まれてから、プリウスを降りた。路上に駐《と》められた車に沿って岩佐の自宅まで歩く。

邸内から抹香《まっこう》の臭いが漂ってくる。門扉は大きく開かれ、葬儀社の社員たちが弔問客の案内をしていた。

最上は通行人を装いながら、邸内を覗き込んだ。すでに矢内の姿は見えなかった。

岩佐邸を行き過ぎると、暗がりから泊がぬっと現われた。目立たない服装をしている。

「ちゃんと盗み撮りしてくれたな？」

「ええ、やりましたよ。弔《とむら》い客をひとりずつデジタルカメラに収めました。もう四十人以上は撮りましたよ」

「弔問客の中に意外な人物はいなかった？」

最上は小声で訊いた。

「一時間ほど前に、元首相の小橋善太郎の公設秘書が弔問に訪れましたよ。でっかい果物の盛り合わせ籠《かご》を抱えてね」

「死んだ詐欺師は、小橋にヤミ献金をしてたんだろうか」

「そうなのかもしれないですね。まさか元首相自身が通夜の席に顔を出すわけにはいかないんで、公設秘書を来させたんでしょう」

「ほかに政治家の代理の者は？」

「ずっと門の前に立ってたわけじゃないが、そういう弔い客はいなかったな」

「そう。外国人は？」

「ひとりも見かけませんでした」

「そうなのか」

「こんなときになんですが、前回の半金と今回の謝礼を払ってもらえませんか。例によって、金がないんですよ」

泊が禿《は》げ上がった頭を掻いた。最上は苦笑し、求められた金を払った。

「ありがとうございます。旦那のおかげで、餓え死にしなくて済みそうです」

「明日の告別式の列席者もちゃんと撮影してくれよな」

「ええ、わかってます。ところで、旦那は誰かを尾《つ》けてたんじゃありません？　もしかしたら、マセラティを運転してた紳士ですか」

「うん、まあ」

「あの男、何者なんです？」

「あんたには関係ないことだろうが」

「そうなんだが、なんとなく気になったんでね」

「それで、こないだと同じように悪い仲間とつるんで、おれを罠に嵌《は》める気なんじゃないのか。え？」

「もういじめないでくださいよ。その件では、わたし、心から反省してるんだから」

泊は、きまり悪そうだった。

「ま、いいさ」

「旦那、わたしがマセラティの男を尾行しましょうか？　サービスで結構ですよ」

「あんたは、ここでしっかり撮影してくれりゃいいんだ」

最上は冴《さ》えない私立探偵に言って、レンタカーに戻った。

運転席に入ると、セブンスターに火を点けた。岩佐や矢内を操っていたのは、小橋元首相なのか。泉田内閣の閣僚を次々に暗殺させる気でいるとしたら、小橋善太郎は血迷ってしまったのだろう。

要人暗殺で最も疑われる立場にあるのは彼自身だ。策士の小橋がそのような愚《おろ》かなことをするものだろうか。

最上はそう思いながら、短くなった煙草を灰皿の中に突っ込んだ。

そのすぐ後、上着の内ポケットでスマートフォンが震えだした。最上はスマートフォンを摑み出し、耳に押し当てた。

「ぼくです」

発信者は菅沼だった。

「なんだか慌ててるな」

「ついさきほど八雲雅裕《やぐもまさひろ》防衛大臣が日比谷の帝都ホテルの玄関前で射殺されました。SPが加害者の腰を撃って、緊急逮捕したそうです」

「犯人は？」

「ロシア人の若い男だそうですが、完全黙秘してるようです。おそらく極東マフィアの一員なんでしょう」

「そいつは、ほぼ間違いないだろう。これで、泉田内閣の閣僚が三人抹殺されたことになるな」

「ええ、そうですね。そうして大臣たちがひとりずつ殺《や》られて、最後は泉田総理が暗殺されるのでしょうか？」

「そうなのかもしれないな。それはそうと、綿引《ワタ》さんの身に危険が迫ってるんだ」

最上は、綿引が電話中に暴漢に襲われたことを話した。

「イワノフの子分に拉致されたんではありませんかね」

「おそらく、そうなんだろう。綿引さんのことだから、なんとか危機を脱せられると思うが……」

「ぼくもそれを祈ってますが、拉致犯がロシアのマフィアだとしたら、最悪なことにもなりかねませんよね」

「綿引さんの安否《あんぴ》が気がかりだが、動くに動けないんだ」

「確か最上検事は、綿引刑事のスマホのナンバーをご存じでしたよね？　電話されてみたんですか？」

「もちろん、何度もかけたさ。しかし、ずっと電源は切られっ放しだったんだ」

「渋谷周辺の捜索依頼をしても、もう手遅れですかね？」

「綿引さんは、とうに遠い場所に連れ去られてるだろう」

「最上検事、綿引刑事はイワノフの自宅に連れ込まれたんではないでしょうか？」

「奴らは犯罪のプロたちだ。ボスに嫌疑がかかるようなことはしないだろう」

「そうか、そうでしょうね」

「何も救出の手立てがないんだよ」

「もどかしいですね」

菅沼が口を結んだ。

最上は暗い気持ちで電話を切った。それから一分も経たないうちに、岩佐邸から矢内が姿を見せた。ロシアびいきの実業家はマセラティに乗り込むと、すぐに発進させた。最上は、尾行を再開した。

マセラティは来た道を逆にたどりはじめた。まっすぐ帰宅すると思われたが、矢内の車は自宅を通過した。

停まったのは田園調布の豪邸の前だった。

最上はマセラティの数十メートル後ろにレンタカーを停め、手早くヘッドライトを消した。

矢内が車を降り、豪邸の門柱の前に立った。

インターフォンを鳴らし、短い遣り取りを交わした。それから、矢内は邸内に吸い込まれた。

最上はプリウスを降り、ひときわ目立つ邸宅に歩み寄った。

表札を仰《あお》ぐ。石上隆一《いしがみりゅういち》と記されている。

石上は民自党のタカ派国会議員だが、どの派閥にも与《くみ》していない。一匹狼的な存在だった。

本音をずばずばと口にし、物議をかもしたことが何度もある。七十歳になったはずだが、まだ若々しい。この豪邸は石上の自宅なのだろう。

最上は車の中に戻って、紫煙をくゆらせはじめた。

小橋元首相は、個性の強い石上を次期の総理大臣に担《かつ》ぎ出す気になったのか。マスコミ報道によると、石上も首相の座にまんざら色気がないわけではなさそうだ。

そのせいかどうか、最近は極論を声高《こわだか》に叫ぶことは少なくなった。人々の反感を買うような暴言を吐くことも控えている。

そうしたことを分析すると、石上が総理大臣のポストを狙いはじめているとも受け取れる。

しかし、小橋が率《ひき》いる最大派閥の幹部たちの中には、独善的でワンマンタイプの石上を嫌っている者もいた。

それ以前に、小橋と石上は必ずしも仲が良くない。それでも小橋は石上を取り込み、後押しをする気になったのか。

政治家は程度の差こそあれ、曲者《くせもの》ばかりだ。野心や打算を優先し、実に変わり身が早い。双方の利害が一致すれば、きのうまで敵だった者とも平気で手を組む。それが政治の世界なのだろう。

三十分が過ぎても、矢内は石上邸から出てこない。どうやら長居しそうだ。

最上は張り込んでいるうちに、また綿引の安否が気がかりになった。悪い予感も胸に横たわったままだ。

このまま何も手を打たないのは、あまりにも情がなさすぎる。綿引がイワノフの自宅に連れ込まれたとは考えにくいが、広尾に行ってみるか。イワノフを痛めつければ、監禁場所を吐くかもしれない。

最上はヘッドライトを点け、レンタカーのプリウスを走らせはじめた。亀岡には、だいぶ前に張り込みを切り上げさせていた。

三十分そこそこで、イワノフの自宅に着いた。門灯が点き、家の窓も明るかった。

最上はグローブボックスからマカロフPbを取り出し、腰の後ろに挟んだ。

残弾は、たったの一発だった。敵の牙城に乗り込むには、なんとも心許《こころもと》ない。しかし、ここまで来て怖気《おじけ》づくわけにはいかなかった。

最上は自分を奮《ふる》い立たせて、勢いよく車を降りた。

イワノフ邸の門の近くには、防犯カメラが設置されていた。蔦《つた》の絡まる石塀の端に立ち、拾い上げた小石を庭の中に投げ込む。

警報ブザーは鳴らなかった。塀の上には、赤外線センサーは張り巡らされていないようだ。

最上は石塀をよじ登って、敷地内に飛び降りた。うずくまり、息を殺す。洋館は静まり返ったままだった。

最上は抜き足で洋館に近づいた。

テラスに達した瞬間、急に庭園灯が瞬《またた》いた。四灯だった。あたりが真昼のように明るくなった。

最上は庭の隅まで走った。

そのとき、居間から二人のロシア人らしき男が飛び出してきた。どちらもサイレンサー・ピストルを握っている。

「おれは押し込み強盗じゃない。矢内さんの代理の者だ」

最上は言い繕《つくろ》った。すると、片方の男がたどたどしい日本語で言った。

「おまえ、嘘つき！　無断で、ここに入ったね。そうだろ？」

「インターフォンを押したんだが、鳴らなかったんだ」

「怪しいよ、おまえ」

もうひとりの男が言い、マカロフPbの引き金に深く指を絡めた。

最上は身を翻《ひるがえ》し、石塀に向かって駆けはじめた。すぐに背後で、空気の洩れる音がした。発射音だ。

放たれた銃弾は、最上の足許に着弾した。

土塊《つちくれ》が高く舞い上がった。最上は肩から転がった。一回転し、腰の後ろからサイレンサー・ピストルを引き抜く。スライドを引き、追ってくる男たちの片方の膝を撃った。

被弾した男が呻いて、その場にうずくまった。と、もうひとりの白人が連射してきた。

最上は身を伏せた。

すぐ目の前の地面に銃弾がめり込み、衝撃波が頭髪を薙《な》ぎ倒した。耳の近くにも九ミリ弾が通り抜けていった。最上は一瞬、聴覚を失った。

マカロフの引き金を絞りつづけた男が何か毒づいた。

最上は顔を上げた。男は空になった弾倉《マガジン》を銃把から抜き落とし、上着のポケットを探った。予備のマガジンを出す気なのだろう。

最上はサイレンサー・ピストルを男に投げつけ、石塀まで突っ走った。ひとまず逃げなければ、体に九ミリ弾を何発も撃ち込まれることになる。

「おい、おまえ！」

男が大声を張り上げ、マカロフPbを両手で保持した。

最上は石塀を乗り越え、レンタカーに飛び乗った。

急発進させる。イワノフ邸が瞬《また》く間に遠のいた。

最上は心の中で綿引に詫びながら、さらに車の速度を上げた。

## 3

デジタルカメラの画像を確認する。

自宅の居間である。イワノフ邸に忍び込んだ翌日の午後三時過ぎだった。

最上は十数分前に自宅マンションの近くで泊からデジタルカメラを受け取り、自宅に戻ったのだ。

通夜の弔問客たちの姿が撮られている。気になる人物は写っていない。引きつづき、終わったばかりの告別式の画像を観る。

列席者に怪しい人物は見当たらない。最上は、花輪の贈り主の名を順ぐりに確かめた。

石上議員や小橋元首相の名はなかった。矢内の花輪はあった。その隣に並んでいる花輪の名を見て、最上は思わず身を乗り出した。

名札を見直す。

やはり、大河原泰道《おおがわらやすみち》と記されていた。政商として知られた人物と同姓同名だ。ありふれた姓ではない。花輪の贈り主は当の本人だろう。大河原は政界工作で大金をばらまき、裏で政界を牛耳《ぎゅうじ》っている怪物だ。八十六歳だが、矍鑠《かくしゃく》としている。

大河原は民自党の御意見番として、各派閥に睨みを利かせている。泉田首相の後見人と目されていたが、最近は内閣とやや距離を置いているようだ。

最上は、大河原が石上に目をかけていることを思い出した。国防に関する二人の考え方は、ほぼ一致していた。大河原は、空回りしている泉田政権に見切りをつけ、石上議員を総理大臣に担ぎ出す気になったのではないか。

考えられないことではないだろう。大河原は、最大勢力の顔色をうかがいはじめた泉田首相を早く退陣させないと、民自党が与党でいられなくなるかもしれないという危惧《きぐ》を懐《いだ》いたのではないか。

しかし、泉田はいまも強気の姿勢を崩していない。

大河原は焦りを深め、閣僚の暗殺を思いついたのではあるまいか。日本の裏社会の人間を実行犯に使うと、陰謀が露見しやすい。

そこで、旧知の矢内敬之に協力を求めて極東マフィアを実行犯に選んだのではないだろうか。そうだとすれば、大河原と矢内には接点があるはずだ。

最上は画像を消すと、ネットで調べ出した。大河原泰道事務所の電話番号を調べ、すぐに発信アイコンに触れた。

待つほどもなく年配の女性が受話器を取った。

「毎朝日報の者です」

「ご用件は？」

「来月から『政財界人秘書物語』というシリーズコラムがスタートするんですが、大河原さんに仕《つか》えてきた秘書の方々を取材させてもらいたいんですよ」

「ええ、どうぞどうぞ。秘書は縁の下の力持ちのような存在ですので、たまには陽《ひ》を当ててもらうのもね」

「そうですよね。手許《てもと》に歴代の秘書の方たちの資料があるのですが、矢内敬之という方の経歴が抜け落ちてるんですよ」

「あのう、矢内君は秘書ではありません。二十代のころに大河原の家に住み込んで、書生のようなことをしてたんです。本人は政治家志望だったようですが、文学青年っぽいところがあったんで、大河原がそれとなく引導《いんどう》を渡したんですよ」

「書生さんだったのか」

「ええ、そうです。彼は方向転換して、正解だったんじゃないかしら？　しばらくロシア語の翻訳や通訳をやってたんですけど、親の遺産を元手にして事業家に転身したんですよ。ハバロフスクに水産会社と石油会社の合弁会社をこしらえて、大きなビジネスをしているみたいです」

「そうなんですか」

「大河原は、いまでも彼のことを目にかけてるんですよ。矢内君のほうも、大河原を父親のように慕《した》ってます」

「なかなかいい話だな」

「彼は年上の方たちにかわいがられてるの。石上議員なんかも、彼のことを弟のように思ってるみたいですよ」

「そうですか。それでは、改めて取材の申し込みをさせていただきますので、ひとつよろしくお願いします」

最上は電話を切り、にんまりと笑った。

これで、大河原、石上、矢内が一本の線で繋がった。すでに矢内、岩佐、イワノフの関係は割れている。怪物の大河原が三人の閣僚を暗殺させた疑いが濃くなってきたが、岩佐が正岡と花水百合香のスキャンダルで二億円を脅し取ろうとしたのはなぜなのか。

最上は考えはじめた。

大河原はホテル王と呼ばれていたが、いまは個人資産がだいぶ少なくなっている。そこで大物政商は矢内に命じて、極東マフィアに払う殺しの報酬を岩佐に調達させたのだろうか。

いくらなんでも大河原が薄汚い詐欺師にわざわざ借りを作るような真似はしないだろう。目をかけている矢内は、かなりリッチそうだ。

仮に大河原が要人暗殺の成功報酬を工面できなかったとしても、矢内が資金の提供を申し出るにちがいない。また、石上が次期の総理大臣の椅子を切実に欲しがっているとしたら、黙っているわけはないだろう。

そう考えると、岩佐が政治評論家と人気女優から二億円の口止め料をせしめようとしたのは個人的な恐喝に過ぎなかったようだ。東都医大に裏口入学の〝窓口〟を作ろうとしたことも、岩佐の私欲だったと思われる。

おそらく岩佐は矢内に極東マフィアたちを紹介することで恩を売り、今後のダーティー・ビジネスを有利に進める気だったのではないか。

しかし、矢内や大河原のほうが一枚上手だった。そのため、秘密を握っていた岩佐はイワノフの手下に葬られたのだろう。

イワノフにしても、小物の岩佐と組むよりは、矢内と手を結んだほうがはるかにメリットがある。悪党どもが考えそうなことだ。

最上は長椅子に腰かけ、綿引のスマートフォンに電話をした。

やはり、電源は切られたままだった。最上は朝から五、六度、警視庁捜査一課に電話をかけている。だが、綿引は登庁していなかった。本人から職場には、なんの連絡も入っていないという話だった。

綿引《ワタ》さん、生きててくれ。最上はそう願いながら、外出の準備に取りかかった。きょうも矢内を尾行し、決定的な証拠を摑みたいと考えていた。

ほどなく最上は部屋を出た。

きのうと同じレンタカーに乗り、尾山台二丁目に向かった。矢内邸に着いたのは、四時半ごろだった。ガレージには、マセラティが納められている。矢内の自宅はオフィスを兼ねているようだった。

最上は前日と同じ場所にプリウスを停め、そのまま張り込みに入った。

検察事務官の菅沼から電話がかかってきたのは、五時数分過ぎだった。

「最上検事、綿引刑事が……」

「菅沼君、何があったんだ?」

「綿引刑事の水死体が隅田川《すみだがわ》で発見されました。発見されたのは、向島《むこうじま》の白鬚橋《しらひげばし》から数百メートル下ったあたりだそうです」

「なんてことなんだ」

最上の視界が翳《かげ》った。一瞬、目に映っている物が色彩を失った。

「綿引刑事は麻酔注射をうたれてから、隅田川に投げ込まれたようですね。遺体は向島署に安置されているそうです」

「発見されたのは何時ごろだって？」

「きょうの午後四時ごろだという話でした。死亡推定時刻は、今日未明だろうとのことでした。おそらく死因は溺死です」

「半《なか》ば予想してたことだが、とてもショックだよ。頭の中が真っ白になって何も考えられない」

「ぼくも同じです。所轄署に出向いて、詳しい情報を入手してきましょうか？」

「向島署には、こっちが行く。報《しら》せてくれて、ありがとう！」

最上は張り込みを切り上げ、プリウスを走らせはじめた。

すぐに涙で目がぼやけた。ありし日の綿引の姿が走馬灯《そうまとう》のように脳裏に浮かんだ。悲しみは深かった。

孤高の刑事だった綿引はプライドをかなぐり捨てて、自分に協力を求めてきた。しかし、何も手助けしてやれなかった。それどころか、結果的には綿引を見捨てる形になってしまった。

最上は運転しながら、己の無力さを呪《のろ》った。実に情けなかった。

陰謀を暴《あば》くことでしか、綿引の霊は慰められないのではないか。最上は命懸けで事件解明に乗り出す決意を固めた。

涙はなかなか止まってくれない。最上は幾度も手の甲で瞼を擦《こす》りながら、先を急いだ。

向島署に着いたのは、およそ一時間後だった。

最上は一階の受付カウンターで検事であることを明かし、地下の死体安置所に案内してもらった。案内に立ってくれたのは、二十代後半の刑事だった。

ひんやりとする部屋には、線香の煙がたなびいていた。若い刑事が亡骸《なきがら》に歩み寄り、顔面を覆った白い布をそっと捲《めく》る。

最上はストレッチャーに近づいた。

故人の顔はむくんだように腫《は》れ上がっている。いかにも苦しげな死顔だ。首筋のあたりは汚れていた。川の泥がこびりついているのだろう。

最上は瞼を閉じ、合掌した。悲しみと憤《いきどお》りが縺《もつ》れ合いながら、胸底から迫《せ》り上がってきた。涙も込み上げそうだった。最上は奥歯を強く噛みしめ、辛《かろ》うじて涙を堪《こら》えた。合掌を解くと、若い刑事が辛《つら》そうに告げた。

「剃刀《かみそり》の傷が十数カ所ありました。麻酔注射をうたれる前に、被害者は拷問されたんでしょう」

「ひどいことをしやがる」

「検事さんは、被害者が担当していた事件の再捜査をされてらっしゃったんですか？」

「そうじゃないんだ。故人とは個人的なつき合いをしてたんだよ」

「そうですか。かつて本庁にいた先輩の話によると、綿引さんは腕っこきの刑事だったそうですね？」

「ああ、優秀な刑事だったよ。その気になれば、もっと出世できたんだろうが、現場の仕事が大好きだったんだ。妥協を嫌い、法網《ほうもう》を巧《たく》みに潜《くぐ》り抜けてる連中に手錠《ワッパ》を打つことを生き甲斐《がい》にしてた。男が惚れるような好漢だったな」

「刑事の鑑《かがみ》のような方が亡くなるなんて惜《お》しいですね」

「惜しすぎるよ。話は飛ぶが、捜査状況はどうなんだろう？」

「隅田川の数キロ上流附近で、今日未明に不審な外国人の男たちが目撃されています」

「目撃者の数は？」

「二人です。目撃証言によると、どちらも白人で、寝袋を重そうに抱えてたというんです。おそらく寝袋の中には、麻酔で眠らされた被害者が……」

「そうだったんだろう。綿引刑事の所持品は？」

「えーと、財布、名刺入れ、警察手帳、ハンカチですね」

「刑事用携帯電話かスマホは？」

「どっちも、持っていませんでした」

「カメラやICレコーダーの類《たぐい》は？」

「そういう物も所持していなかったんですよ」

「そうか。綿引刑事は司法解剖に回されるんだね？」

「はい。明日の午前中に東京都監察医務院で……」

「そう」

「もうホトケさんの顔を覆ってもかまいませんか？」

「自分が掛けよう」

最上は亡骸の枕許に回り込んだ。若い刑事が少し退がった。最上はもう一度手を合わせてから、白布で死者の土気色《つちけいろ》の顔面を覆った。

「被害者は独身だったんですね」

「ああ。それが何か？」

「奥さんやお子さんがいたら、苦労されるだろうと思ったんです。個人的なことですが、わたし、六歳のときに父親を亡くしたんですよ。病死だったんですけどね」

「それじゃ、大変だったろうな」

「わたしたち子供の苦労はたいしたことなかったのですが、母親は大変だったと思います。遺《のこ》された二人の子を育てるため、それこそ働きづめでしたんでね。昼間は事務の仕事をやって、夜はレストランの皿洗いをしていました。そのおかげで、兄とわたしは大学まで通わせてもらえたわけです」

「せいぜい親孝行をするんだね」

「はい」

若い刑事が快活に答えた。すぐに彼は悔やむ顔つきになった。場所柄を弁《わきま》えなかったことに気づいたのだろう。

「お世話さま」

最上は死体安置所を出て、向島署を出た。

駐車場のプリウスに乗り込んだとき、玲奈から電話がかかってきた。

「裏捜査が難航してるようだったら、気分転換にワインバーにでも行ってみない？」

「それどころじゃないんだ」

「何があったの？」

「綿引さんが殺されたんだよ」

最上は詳しい話をした。

「あの綿引さんが死んだなんて、とても信じられないわ」

「おれだって、同じだよ。向島署で変わり果てた綿引さんと対面してきたんだが、まだ実感が湧いてこないんだ」

「辛いわね。僚さんは、綿引さんと波長が合ってたみたいだから」

「年上の親しい友人を亡くしたような気持ちだよ」

「そうでしょうね。ねえ、どこかで会わない？　こんな夜は、誰かと一緒のほうがいいと思うの。独りぼっちでいると、気が滅入《めい》るだけでしょ？」

玲奈が言った。

「余計な気を遣わせちゃったな。せっかくだが、綿引さんの自宅マンションに行ってみたいんだ」

「何か綿引さんの部屋に手がかりが残されてるんじゃないかってことね？」

「そう。すでに捜査員が室内をチェックして、めぼしい物は資料として持ち去ってると思うが……」

「わかったわ。気持ちが落ち着いたら、電話して」

「そうするよ」

最上は通話を切り上げ、プリウスを走らせはじめた。

綿引が住んでいた賃貸マンションは、中野区内にある。最上は一度だけ部屋を訪ねたことがあった。綿引は鳥取県の出身だった。

首都圏に縁者が住んでいるという話は聞いていない。まだ身内の者は、彼のマンションにはいないだろう。最上は最短コースを選んで、上高田《かみたかだ》三丁目に急いだ。

綿引の自宅マンションに着いたのは八時数十分過ぎだった。最上はマンションの横にレンタカーを駐《と》め、綿引の部屋に向かった。

五〇一号室だ。

最上は万能鍵を使って、ドアのロックを外した。室内は暗かったが、電灯のスイッチは入れなかった。最上は靴を脱いでから、ライターの火を点けた。小さな炎を翳《かざ》して、ダイニングキッチンを見回す。

食器棚と冷蔵庫が並び、二人用のダイニングテーブルが置かれている。流し台の横に懐中電灯があった。赤い消火器も見える。

最上は懐中電灯を手に取ると、ライターの火を消した。懐中電灯の光で足許を照らしながら、奥の部屋に入る。

八畳ほどの広さの洋室だった。右の壁側にシングルベッドと洋服箪笥が置いてあった。ベランダ側のサッシ戸は厚手のカーテンで塞《ふさ》がれている。左側の壁際にはテレビ、ミニコンポ、パソコンデスク、本棚が並んでいた。

最上はパソコンデスクに歩み寄った。

パソコンの周辺にUSBメモリーは見当たらなかった。向島署の刑事が捜査資料として持ち帰ったのだろう。

最上は本棚の前に移った。法律書と犯罪心理学関係の書物が大半で、文芸書と山岳写真集が数冊あるだけだ。

最上は胡坐《あぐら》をかき、本棚から一冊ずつ書物を引き抜いた。しかし、一連の事件に関わりのありそうなメモや写真は見つからなかった。

ベッドの下の引き出しの中を検《しら》べてみたが、徒労《とろう》に終わった。最上はダイニングキッチンに戻り、シンクの下を覗《のぞ》き込んだ。やはり、手がかりは得られなかった。

浴室やトイレも覗いたが、結果は虚《むな》しかった。

最上はベッドのある部屋を通り抜け、ベランダに出た。綿引が使っていたサンダルを突っかけ、ベランダの隅々《すみずみ》まで目をやった。白いプランターがあるだけで、何かを隠せる物はなかった。

部屋の中に戻ろうとしたとき、玄関ドアの開く音がした。

最上は屈み込み、半開きのサッシ戸をぴたりと閉めた。室内で足音が響き、照明が灯《とも》った。

それから間もなく、何か液体を撒《ま》く音がした。ほんのかすかだが、灯油の臭いが鼻腔に滑り込んできた。

敵が綿引の部屋に火を放つ気なのだろう。

最上はサッシ戸を勢いよく開けた。ベッドのそばには、二人のスラブ系の男が立っていた。

ひとりはビクトルだった。もう片方の若い男は赤いポリタンクを抱えていた。ビクトルが懐に手を入れた。

最上はビクトルに懐中電灯を投げつけた。それは、ビクトルの顔面に当たった。

ビクトルの子分らしき男が灯油の入ったポリタンクを投げ捨て、ターボライターに火を点けた。ターボライターが床に落とされた。

次の瞬間、鈍い着火音が響いた。炎が床を這いはじめた。

ビクトルがロシア語で若い男に何か言った。若い男が大きくうなずいた。二人は玄関に向かって走りはじめた。

「てめえら、待ちやがれ!」

最上はサンダルを履《は》いたまま、部屋の中に飛び込んだ。

炎は勢いを増していた。このままでは部屋は焼け焦げてしまう。ビクトルたちを追うのは諦めることにした。

最上はダイニングキッチンに走り、消火器を掴み上げた。

ベッドのある部屋に戻り、消火器のノズルをフックから外す。レバーを強く握ると、ノズルから消火液が噴き出しはじめた。

最上はノズルを床に向け、噴霧した。

間もなく火は鎮《しず》まった。最上は、ひとまず安堵した。

## 4

邸内からエスカリーナが現われた。

矢内の妻だ。エスカリーナは洒落た自転車を押している。近くのスーパーマーケットに夕食の食材を買いに出かけるのだろう。

最上はミラーを見た。

綿引刑事が殺された次の日の午後四時過ぎだ。助手席には、代貸の亀岡が坐っている。

エスカリーナがシャンパンゴールドの自転車に跨《また》がり、ペダルを漕《こ》ぎはじめた。

最上はスカイラインを発進させた。エスカリーナの自転車を追い抜き、すぐハンドルを左に切る。

エスカリーナが自転車ごと転倒した。最上は車を停めた。

亀岡が助手席から飛び出し、エスカリーナを抱き起こした。エスカリーナが亀岡に礼を言って、倒れた自転車を起こす。

亀岡が丸めた週刊誌をエスカリーナの脇腹に押し当てた。

エスカリーナの美しい顔が引き攣《つ》った。亀岡は匕首《あいくち》を握っていた。その切っ先がエスカリーナの肌に触れたのだ。

最上はスカイラインを路肩いっぱいに寄せ、急いで外に出た。エスカリーナと亀岡に歩み寄る。

「あなたたち、悪い人たち？」

エスカリーナが癖のある日本語で言い、最上と亀岡の顔を等分に見た。

「難しい質問だね。少なくとも、いまは善人じゃない。刃物で女を脅してるんだからな」

最上は穏《おだ》やかに言った。

「お金欲しい？　それなら、あなたたちに財布をあげてもいい。十四、五万円入ってるよ」

「おれたちは辻強盗じゃない」

「その日本語、わたし、知らない。だから、わたし、答えられません」

「日本語の勉強にはつき合えないな。旦那は、自宅にいるか？」

「ちょっと散歩に出かけてる」

「それなら、家の中で待たせてもらおう」

「それ、いけません。知らない男性たちを家の中に入れたら、夫に叱られる。何か話があるんなら、ここで聞きます」

エスカリーナが言った。

亀岡が両眼に凄《すご》みを溜《た》めた。エスカリーナが怯《おび》え、目を逸《そ》らす。

「脇腹を刺されたくなかったら、言われた通りにしたほうがいいな」

最上は言った。エスカリーナが観念し、自転車のハンドルとサドルに手を掛けた。

三人は矢内邸に足を向けた。

エスカリーナが門扉を開け、自転車を庭先に入れた。アプローチには、花のアーチが架《か》かっていた。エスカリーナがポーチに駆け上がり、重厚な玄関ドアを開けた。最上と亀岡はエスカリーナと一緒に広い玄関に入った。

「夫婦の寝室はどこにあるんだ？」

最上はエスカリーナに訊いた。

「あなた、何を考えてる？　それ、わからないと、わたし、教えられないね」

「いいから、質問に答えるんだっ」

「いやよ！《ニエート》」

エスカリーナが決然と母国語で拒絶した。

亀岡が剝《む》き出しの短刀をエスカリーナの首筋に当てた。エスカリーナが青い瞳を剝き、絶望的な溜息をついた。

「どこにあるんだ？」

最上はもう一度問いかけた。

「二階よ」

「案内してくれ」

「いいわ《ダー》」

エスカリーナが先に玄関ホールに上がった。最上も靴を脱いで隠し、玄関マットを踏んだ。

「自分は階下《した》の様子を見てきます。もしかしたら、誰かがいるかもしれませんから」

亀岡が小声で言った。

最上は無言でうなずき、エスカリーナに従った。玄関ホールの端に階段がある。

夫婦の寝室は二階の奥にあった。二十畳ほどのスペースで、シャワールーム付きだった。

ほぼ中央にダブルベッドが据《す》えられ、寝椅子《カウチ》やドレッサーも置いてあった。いずれも値の張りそうな代物《しろもの》ばかりだ。

エスカリーナが不安そうな顔で、ベッドの端に腰かけた。薄手の長袖ブラウスにスパッツという組み合わせだ。栗毛の髪はセミロングだった。

「あんたの旦那は、政商の大河原泰道にかわいがられてるようだな？」

「そうね。大河原さんは、矢内さんのこと、自分の子供みたいに思ってる」

「どうでもいいことだが、日本では自分の夫のことはさんづけにはしないんだよ」

「あっ、そうね。わたし、そのこと忘れてた」

「この家に大河原が来たことは？」

「えーと、二回あるよ。いつもは矢内が大河原さんのお家に行ってる」

「旦那は石上議員とも親しいんだろ？」

「石上さんはヨット仲間ね。ここに来たことはないけど、葉山《はやま》のマリーナでわたしも会ったことある」

「レオニド・イワノフやビクトル・ポドルスキーなんかも、この家に出入りしてるな？」

「その人たちの名前は聞いたことがあるけど、わたしはどちらにも会ったことない」

「そうか。岩佐諭という日本人の名に聞き覚えは？」

「その名前、知ってる。『グローバル』という国際結婚相談所をイワノフさんと共同経営してたんでしょ？」

「そうだ」

「あなたたち、夫にどんな用があるの？　わたし、それを早く知りたい」

「じきにわかるさ」

最上は口を閉じた。

ちょうどそのとき、亀岡が寝室に入ってきた。

「誰もいませんでした」

「そう。それじゃ、次の段取りに移りましょう」

最上は目で合図した。亀岡が刃物をちらつかせながら、エスカリーナに歩み寄った。

「奥さん、服を脱いでくれや」

「あなた、なに言ってるの!?　わたし、結婚してる。夫以外の男性の前で裸になんかなれない。それ、困るね」

「別にあんたを姦《や》ろうってんじゃねえんだ。逃げられたくないから、裸になってくれって言ったんだよ」

「そ、そうだとしても、わたし、裸になれないね」

「言うことを聞かないと、あんたの髪の毛をザンバラにしちまうぞ」

「本気なの⁉」

エスカリーナが亀岡の顔を正視した。亀岡は返事の代わりにエスカリーナの髪の毛をひと摑みして、短刀の刃を垂直に宛《あて》がった。

「おかしなことはしねえから、安心して脱ぎなって」

「仕方ないね。わたし、逆《さか》らえないもの」

エスカリーナが坐ったまま、ブラウスのボタンを外しはじめた。

亀岡が少し後退した。エスカリーナは迷いながらも、生まれたままの姿になった。脱いだ服やランジェリーはベッドカバーの下に隠された。

三十代半ばのはずだが、まだ体型は崩れていなかった。乳房が驚くほど大きい。ウエストも深くくびれている。

腰は豊かに張っていた。短冊《たんざく》の形に繁《しげ》った飾り毛は濃かった。

エスカリーナは伏し目になったが、胸も股間も隠そうとはしなかった。

三十分ほど待つと、矢内が散歩から戻ってきた。

「エスカリーナ、買物に行ったんじゃなかったのか？」

「…………」

エスカリーナが最上に顔を向けてきた。最上は小声で指示を与えた。

「体調がすぐれないんで、横になってると答えろ。日本語でな。ロシア語を使ったら、白い肌が血に染まることになるぞ」

「わたし、言われた通りにするよ。だから、乱暴なことはしないで」

エスカリーナがそう言い、命令に従った。

矢内が階段を上がる気配が伝わってきた。亀岡がエスカリーナの片腕をむんずと摑み、匕《あい》首《くち》を頸《けい》動脈に当てた。エスカリーナがわなわなと震えはじめた。

最上は寝室のドアの横の壁にへばりついた。

少し経つと、軽装の矢内が寝室に入ってきた。

「おい、何をしてるんだっ」

「騒ぐと、かみさんの首から血煙が上がるぜ」

「あんた、やくざ者だな？」

「まあな」

亀岡がにやりと笑った。

最上は矢内の首筋に手刀を叩き込んだ。矢内が呻いて、その場に頽《くずお》れた。最上は矢内の後ろ襟を引っ摑み、利き腕を捩《ね》じ上げた。矢内が痛みを訴える。

「夫をいじめないで」

エスカリーナが大声で言った。最上は矢内を立たせ、上着のポケットに忍ばせたＩＣレコーダーの録音スイッチを入れた。

「大河原泰道は石上議員を次の総理大臣にしたがってるんだな」

「い、いきなり何を言い出すんだ。だいたいおたくは何者なんだね？」

「もう察しはついてるんじゃないのか。おれは岩佐の詐欺商法を調べていくうちに、とんでもない陰謀に気づいた」

「陰謀って、何のことなんだ？」

矢内が訊き返した。

「そこまでとぼける気かっ」

「わたしには見当もつかないよ」

「ふざけるな！」

最上は矢内の右腕を強く捻《ひね》り上げた。肩の関節が軋《きし》んだ。矢内が女のような悲鳴を放った。

「あなた、逆らわないで。なんでも言われた通りにして」

エスカリーナが夫に声をかけた。

「そう言われても、知らんもんは知らんよ」

「だけど……」

「きみは口を挟むなっ」

矢内が妻を叱り飛ばした。エスカリーナは不服げだったが、素直に口を噤《つぐ》んだ。

「ずっと空とぼける気なら、あんたの目の前でかみさんをナニしちまうぜ」

亀岡が矢内に言った。むろん、脅しだ。

「エスカリーナに妙なことはしないでくれ」

「だったら、もっと正直になりな。あんまりおれたちを苛《いら》つかせると、短刀《ドス》で女房のおっぱいを抉《えぐ》るぞ」

「や、やめろ！　そんな残酷なことはしないでくれーっ」

矢内が涙声で言った。ロシア美人の妻に惚れているのだろう。

「素直になれよ」

最上は矢内を諭《さと》した。矢内が目を伏せた。

「泉田政権は、もう長くは保《も》たない。支持率がさらに下がったら、民自党のイメージに傷がつく。だから、大河原は泉田内閣の閣僚をひとりずつ極東マフィア『ドゥルジバ』の奴らに暗殺させる気になったんだな？」

「…………」

「どうした？　急に日本語を忘れたか？」

「大河原さんは、日本の政治を少しでもよくしたいと憂慮《ゆうりょ》されてるんだよ。泉田首相は派手なパフォーマンスをやってるが、力のある最大派閥に横槍を入れられたら、結局は屈してしまうような男だ。しかし、石上先生なら、党内のあらゆる派閥とも堂々と渡り合える。大河原さんは多くの国民の願いを汲《く》んで泉田政権を消滅させなければと……」

「それであんたは、岩佐と繋《つな》がりのあるイワノフに閣僚の暗殺を依頼した。イワノフは手下のビクトルたちに福井勇官房長官、海野澄夫厚生労働大臣、八雲雅裕防衛大臣の三人を始末させた。そうなんだな？」

「そうだよ」

「ほかの大臣たちも暗殺し、最後は泉田総理も始末する気だったんだろう？」

「ああ、まあ」

「暗殺の成功報酬は、あんたが肩代わりしたのか？」

「いや、大河原さんが全額用意することに……」

「石上も閣僚暗殺計画のことは知ってるのか？」

「石上先生には、時機が訪れたら、ぜひ首相になってほしいとお願いしてあるだけだ。暗殺の件は大河原さんとわたしが共同シナリオを練ったんだよ」

「そういうことだったのか。『リフレッシュ・カレッジ』の雇われ所長の長谷部を殺害したのも、イワノフの子分なんだな？」

「その男を始末したのは、セルゲイ・グールトボイという奴だよ。岩佐が妙な男が自分の身辺を嗅ぎ回りはじめてると報告してきたんで、大事をとったんだ。大串と岩佐をビクトル・ポドルスキーに片づけさせたのは、奴らに弱みを握られたと思ったからさ」

「岩佐が政治評論家の正岡を脅して、スキャンダル写真のデータを二億円で売りつけようとしてたことは知ってたのか？」

「あいつは、そんなことをしてたのか⁉」

矢内が驚きの声を洩らした。演技をしているようには見えなかった。やはり、その件は岩佐の個人的な悪行《あくぎょう》だったのだろう。

「綿引刑事を殺《や》ったのも、イワノフの手下なんだな？」

「そうだ。ルツコフとペトロフの仕業《しわざ》だよ。綿引は大河原さんの身辺まで嗅ぎ回ってたんで、やむなく殺すことになったんだ」

「実行犯の二人は、イワノフ邸にいるのか？」

「いや、二人はきのう、ロシアに帰ったよ。日本の刑事を殺害したんで、イワノフが二人を母国に戻らせたんだ」

「くそっ」

最上は矢内の肩の関節を一気に外した。

矢内がカーペットの上を転がり回りはじめた。最上はＩＣレコーダーを止めると、矢内のこめかみを思うさま蹴った。矢内が体を丸め、半回転した。

最上は屈み込み、ＩＣレコーダーを矢内の顔の前に突きつけた。

「あんたがここで喋ったことは、このＩＣレコーダーにそっくり録音されてる」

「ＩＣレコーダーを忍ばせてたのか⁉」

「大河原に複製音声データを送り届ける。怪物もあんたも、もう終わりだ」

「音声データを売ってくれ。一千万円出そう」

「ふざけるな。音声データは億単位じゃなきゃ、譲れない」

「わかった。一億円で買うよ」

「そんな安い値じゃ売れない」

「い、いくら出せと言うんだ⁉」

「二億五千万円なら、譲ってやろう。もちろん、大河原とあんたがやったことには目をつぶってやる」

「そんな大金は……」

「値は下げないぞ。いやなら、裏取引はご破算だ。首謀者の大河原に相談してみるんだな」

「わかった。そうしてみよう」

矢内が言って、また唸り声を発しはじめた。

最上は亀岡に目配せした。亀岡が匕首でエスカリーナを威嚇《いかく》しながら、カーペットに大の字に寝かせた。

「何をさせる気なの⁉」

エスカリーナが最上に眼差《まなざ》しを向けてきた。

最上は薄く笑い、矢内の上体を引き起こした。すぐに肩の関節を元通りにしてやった。

「クンニするとこを見せてくれ！」

「なんだって⁉」

「おれは、保険を掛けておきたいんだよ」

「保険？」

「そうだ。イワノフたちに追い回されるのは、うっとうしいからな」

最上は矢内の襟首を摑んで、エスカリーナの股の間にうずくまらせた。

「他人に見られながら、オーラルセックスなんてできない。もう勘弁してくれよ」

「やらなきゃ、録音音声データは売ってやらないぞ」

「くそっ。やるよ、やればいいんだろ！」

矢内が捨て鉢に喚《わめ》き、エスカリーナの秘めやかな場所に顔を寄せた。亀岡が寝かせた短刀をエスカリーナの乳房に密着させた。

エスカリーナが目を閉じた。

矢内が舌全体で妻の秘部を舐め上げはじめた。エスカリーナが切なげに呻き、裸身をくねらせた。最上は上着のポケットからデジタルカメラを取り出した。アングルを変えながら、淫らなシーンを撮りはじめた。

# エピローグ

野鳥が飛び立った。

椿の小枝が揺れた。静かだ。最上は窓の外に視線を放っていた。箱根にある大河原泰道の別荘の応接間だ。

矢内を締め上げたのは、四日前だった。その翌日、最上は渋谷区内にある大河原の自宅のポストに矢内の自白音声データを投げ入れた。むろん、コピーしたものだ。

次の日、最上は大河原に電話をかけた。大河原は憮然《ぶぜん》とした声で、ＩＣレコーダーのデータを二億五千万円で買い取りたいと言った。そして裏取引の日時と場所を指定したのである。

約束の時間は午後二時だった。

最上はスカイラインを駆って、この別荘にやってきた。到着したのは一時五十六分だった。別荘の前には、矢内が待ち受けていた。最上は応接間に通された。矢内は少し前に大河原を呼びに行った。

最上はソファから立ち上がり、窓辺に歩み寄った。

広々とした庭を眺め渡す。怪しい人影は、どこにも見当たらない。極東マフィアたちは、別荘の近くに隠れているのだろう。

応接間のドアが開けられた。

最上は振り向いた。矢内の後ろに、和服姿の大河原泰道が立っていた。

「どうぞ掛けてください」

矢内が最上に言った。最上は無言でうなずき、応接ソファに腰かけた。

大河原が最上と向かい合う位置に坐った。矢内は大河原のかたわらに腰を落とした。

「きみは度胸があるな。このわしを強請《ゆす》ったんだから」

「さっそく商談に入らせてもらいたい」

最上は大物政商を見据えた。

頭髪こそ薄くなっているが、顔の血色はよかった。てらてらと光る赤い唇が無気味でさえあった。老獪《ろうかい》な怪物という表現がぴったりだ。

「先にＩＣレコーダーを出してくれ」

「あんたが小切手を見せてくれたら、レコーダーを出してやる」

「くっくく。抜け目のない奴だ」

大河原が袂《たもと》の中から小切手を取り出し、コーヒーテーブルの上に置いた。最上は預金小切手に目をやった。

額面は二億五千万円だった。メガバンクの支店長振り出しの小切手だ。この預金小切手を振り出し支店に持参すれば、無条件で現金化できる。

これで、二十七人の組員の更生資金が手当てできたわけだ。最上は肩の荷が下りた気がした。

「早くＩＣレコーダーを出したまえ」

大河原が急《せ》かした。

最上はＩＣレコーダーを卓上に置き、預金小切手を素早く懐にしまった。

矢内がＩＣレコーダーの音声をすぐに再生させた。矢内と最上の遣り取りが流れはじめた。

「密談をこっそりコピーしてることがわかったら、きみは若死にすることになるぞ」

大河原が凄んだ。

「コピーはしてない」

「ほんとだな？」

「疑い深いね、あんたも」

最上は、ことさら不愉快そうな表情をこしらえた。持ってきたのは本物の音声だが、前日にコピーしてあった。

「矢内君、もういい。しまいまで聴く気になれんよ」

「申し訳ございません」

矢内が慌《あわ》ててICレコーダーを停止させた。

「最上検事、きみのことを少し調べさせてもらった。きみは不本意な仕事をさせられてるようだな。わたしのブレーンになる気があるんだったら、裏から手を回して、東京地検特捜部で働けるようにしてやってもいいが……」

大河原が言った。

「悪い話じゃないが、あんたの世話になる気はないっ」

「そうか。それじゃ、これでお別れだ。遠路はるばる訪ねてくれた客人《まろうど》をこのまま帰らせるのは、いかにも愛想がない。こちらのもてなしを受けてくれるな」

「もてなし？」

「そうだ」

「なるほど、イワノフたちが現われるって筋書きなんだなっ」

最上は声を尖《とが》らせた。

「わしは、そんな野暮《やぼ》な男じゃない。肉蒲団《にくぶとん》で、きみをもてなしてやろうと言ってるんだ」

「裸の女をおれに宛《あて》がって、情事のシーンをこっそり動画撮影する気なのか？」

「そんな見え透いたことはやらんよ。きみの機嫌をとっておきたいだけさ」

大河原が矢内を促《うなが》し、一緒に応接間から出ていった。

入れ代わりに、オリガが入ってきた。白い素肌に緋色《ひいろ》の長襦袢《ながじゅばん》を羽織っている。

「わたし、あなたとセックスしなければならない。奥の客間に行きましょ」

「それじゃ、案内してもらおうか」

最上は立ち上がって、オリガの片腕を荒々しく摑んだ。

「痛い！」

「そっちは体を汚さなくてもいい」

「それ、どういう意味？　わたし、よくわからない」

「鈍《にぶ》いな。そっちを弾除《たまよ》けにすると言ってるんだよ。この別荘の近くにイワノフやビクトルが潜《ひそ》んでるんだろうが！」

「わたし、何も知らないよ」

オリガが狼狽気味に言った。嘘をついたのだろう。

最上はオリガを楯《たて》にしながら、悠然と応接間を出た。そのまま別荘の玄関に進み、車寄せのスカイラインに急ぐ。

助手席にオリガを押し込もうとしたとき、門の方からイワノフとビクトルが足早に近づいてきた。どちらもサイレンサー・ピストルを手にしていた。

オリガが最上の手を振り払って、別荘の中に逃げ込んだ。最上は追わなかった。

スカイラインの陰に隠れ、上着のポケットから手榴弾《しゅりゅうだん》を掴み出す。数日前に代貸の亀岡が入手してくれた米軍の手榴弾だ。

イワノフとビクトルが交互に九ミリ弾を浴びせてきた。フロントバンパーやホイールに着弾した。

最上は手榴弾のピン・リングを引っ張った。口の中で3《スリー》までカウントしてから、イワノフとビクトルの間に手榴弾を転がした。
七、八秒後、炸裂音《さくれつおん》が轟《とどろ》いた。
赤みを帯びたオレンジ色の閃光《せんこう》が走り、イワノフとビクトルの体が高く舞った。

どさりと地べたに落下した二人のロシアン・マフィアはぴくりともしない。すでに死んでいるのだろう。別荘のポーチに大河原と矢内が飛び出してきた。二人は予想もしなかった展開に、心底驚いている様子だった。

「おまえらもくたばれ！」

最上は、残りの手榴弾をポーチに投げた。

大河原と矢内が吹っ飛んだ。倒れた二人は、まったく動かない。

現職検事の自分がまたも人殺しをやってしまった。これも運命なのだろう。

最上はスカイラインに乗り込んだ。


翌日の夜である。

深見組事務所の大広間には、二十七人の組員が勢揃いしていた。組員たちの箱膳《はこぜん》の前には、多額の退職金入りの紙袋が置いてある。

三代目組長の最上が非合法な手段で工面《くめん》した更生資金だ。せしめた総額は十三億五千万円である。ついに目標額に達したのだ。

「若、ご挨拶を……」

代貸の亀岡が上座《かみざ》の最上を促した。最上は静かに立ち上がった。羽織袴《はかま》姿だった。

「本日を以《もっ》て、深見組は解散する。近日中に関東仁勇会の塩谷武徳会長立ち合いの解散式を開き、友好団体の親分衆にきちんと詫びを入れ、礼も申し上げる。深見組長に仕《つか》えてくれた組員の方々には厚く御礼申し上げる。みなさん、ありがとうございました」

最上は深々と頭を下げた。拍手が鳴り響いた。

手を叩きながら、末席の健が声をあげて泣きはじめた。と、亀岡が顔をしかめた。

「健、泣くんじゃねえ。今夜は、新たな門出《かどで》じゃねえかっ」

「けど、代貸……」

「もう何も言うな。若はよくよく考えなすって、組を解散されることに決めたんだ。健、時代が変わったんだよ」

「そりゃ、わかります。だけど、深見組は二代つづいた歴史ある組じゃねえですか」

「おれだって、辛《つれ》えんだ。けどな、物事には潮時《しおどき》ってもんがある。思い切るときゃ、男らしく思い切らなきゃな」

「頭ではわかってんですよ。けど、おれは渡世人の暮らししか知らないから、この先、どう生きたらいいのかわからない」

「健、おめえだけじゃねえ。ほかのみんなだって、そう思ってるだろう。だからって、検事の若にいつまでも迷惑をかけちゃいけねえんだ」

「それもわかってんですけどね」

「いろいろ不安はあるだろうが、人生、なんとかならあ。若が五千万円ずつ独立資金を都合つけてくださったんだから、焦らず何か商売でもやんな」

二人の遣《や》り取りを聞きながら、組員たちが次々に涙ぐんだ。

最上は決意がぐらつきそうになった。この手で人を殺害した事実は消しようもない。善人面《づら》して、検察官をつづけていてもいいのか。

いっそアウトローになって、潔《いさぎよ》く深見組の三代目組長を務めるべきなのではないか。

しかし、どう頑張っても、テラ銭で組員たちの面倒を見る自信はない。商才に恵まれているわけでもなかった。やはり、組は解散すべきだろう。

最上は座蒲団に腰を落とした。

「みんな、湿っぽい面《つら》すんじゃねえ。大いに飲もうや」

代貸の亀岡が組員たちを力づけ、徳利を提《さ》げて上座の前に正坐した。最上は盃《さかずき》を持ち上げ、酒を受けた。

「亀さんに残務整理をしてもらうことになりますが、よろしく頼みますね」

「任せてください。若、箱根の犯行《ヤマ》で警察《サツ》が迫《せま》ってきたら、自分が手榴弾《パイナップル》を投げたことにしますんで、うまく口裏を合わせてくださいね」

「亀さんを身替り犯になんかさせません。そんときは、おれが堂々と逮捕《パク》られてやる。ガキのころから、深見さんがよく言ってたんだ。男なら、てめえの尻《けつ》はてめえで拭《ふ》けって」

「それ、二代目の口癖でしたね。なんだか、自分までしんみりしちまいそうだ。若、お流れを頂戴《ちょうだい》できますか?」

亀岡が言った。

最上は一息に盃を空け、代貸に返杯した。亀岡は自席に戻ると、三味線の上手な舎弟頭に艶《つや》っぽい都々逸《どどいつ》を口ずませた。

それをきっかけに、酒宴は一気に盛り上がった。いつの間にか、健まで笑い声をたてていた。

いつか綿引の墓参りをするつもりだ。

最上は手酌《てじゃく》で盃を重ねた。ほろ酔い気分になったころ、袂《たもと》の中でスマートフォンが震動した。

「わたしよ」

スマートフォンから、玲奈の声が流れてきた。

「いま、どこにいるのかな？」

「まだ職場よ。やっと残業が終わったの。これから根津に手伝いに行くわ」

「こっちには来なくてもいいよ。おれの部屋で待っててくれないか。なぜだか無性に玲奈に会いたいんだ」

「そんな殺し文句を言ってると、僚さんを朝まで玩具《おもちゃ》にしちゃうわよ」

「そいつは、こっちの台詞《せりふ》だ。おれが玲奈を寝かせない」

最上は戯言《ざれごと》を囁《ささや》き、盃に手を伸ばした。

今夜は心地よく酔えそうだった。

二〇〇三年二月　祥伝社文庫刊

光文社文庫


猟《りよう》犬《けん》検《けん》事《じ》　破《は》綻《たん》

著　者　南《みなみ》　英《ひで》　男《お》

2024年9月20日　初版1刷発行

発行者　三　宅　貴　久
印　刷　堀　内　印　刷
製　本　ナショナル製本

発行所　株式会社　光　文　社
〒112-8011　東京都文京区音羽1-16-6
電話（03）5395-8147　編　集　部
8116　書籍販売部
8125　制　作　部





落丁本・乱丁本は制作部にご連絡くだされば、お取替えいたします。
ISBN978-4-334-10413-9　Printed in Japan





組版　萩原印刷